L'ÉCOLE... C'EST BIEN TROOOP LOOONG!

TU PENSES POUVOIR SUPPORTER LE JOURNAL DE TOUTE UNE ANNÉE DE JASMINE KELLY?

n° 1 OUBLIE ÇA!

n° 2 MON JEAN PORTE-MALHEUR

n° 3 PRINCESSE OU GRENOUILLE?

n° 4 INUTILE, ÇA SERT À RIEN

n° 5 LES ADULTES? UNE CAUSE PERDUE!

n° 6 LE PROBLÈME, C'EST QUE JE SUIS D'ICI

n° 7 NE SOUS-ESTIME JAMAIS TA STUPIDITÉ

n° 8 C'EST PAS MA FAUTE SI JE SAIS TOUT

n° 9 AMIES? PAS SI SÛR!

n° 10 CROIS-MOI, LES PIRES CHOSES DANS LA VIE SONT AUSSI GRATUITES

n° 11 ET SI J'AVAIS VRAIMENT DES SUPERPOUVOIRS?

n° 12 MOI! (COMME TOI, MAIS EN MIEUX)

ET BIENTÔT...

UNE NOUVELLE ANNÉE – n° 2
LES SUPER-PARFAITS SONT SUPER-PÉNIBLES

Les chroniques de Jim Benton,
directement de l'école secondaire Malpartie

mon JOURNAL FULL nul

UNE
nOUVELLE
ANNÉE

L'ÉCOLE... C'EST BIEN TROOOP LOOONG!

JASMINE KELLY

Texte français de Marie-Josée Brière

Éditions
SCHOLASTIC

*Dis à ton prof que tu mérites des points
en plus pour avoir lu ce livre.*

*Un merci bien spécial, avec un A+, à Kristen LeClerc
et à l'équipe de Scholastic : Steve Scott,
Jackie Hornberger, Anna Bloom
et Shannon Penney. Content de voir
que vous êtes, vous aussi,
encore plus nuls que l'an dernier.*

Catalogage avant publication de Bibliothèque et Archives Canada
Benton, Jim
L'école-- c'est bien trooop looong! / Jim Benton ; traductrice, Marie-Josée Brière.
(Mon journal full nul. Une nouvelle année)
Traduction de: School. Hasn't this gone on long enough?
ISBN 978-1-4431-1863-7
I. Brière, Marie-Josée II. Titre. III. Titre: École-- c'est bien trop long!.
IV. Collection: Benton, Jim. Mon journal full nul. Nouvelle année.
PZ23.B458Eco 2012   j813'.54   C2012-902562-3

Édition publiée par les Éditions Scholastic, 604, rue King Ouest, Toronto (Ontario) M5V 1E1.

5 4 3 2 1   Imprimé au Canada 121   12 13 14 15 16

PROTÉGEONS NOS FORÊTS

Préservons notre environnement

Scholastic Canada a choisi d'imprimer les pages de ce livre sur du papier recyclé et a
réduit sa consommation de ressources[1] et sa pollution[1] dans les mesures suivantes :

	énergie	eau	gaz à effet de serre	déchets solides
39 arbres de nos forêts ont été sauvés.	16 millions de BTU	66,919 litres	1,779 kg	509 kg

Imprimé par Webcom Inc. sur du papier
Legacy Hi-Bulk White 100% à contenu postconsommation de 100 %.

FSC
www.fsc.org
MIXTE
Papier issu
de sources
responsables
FSC® C004071

97 %

[1] L'estimation des effets sur l'environnement a été faite au moyen du calculateur «Environmental Defense Paper Calculator».

L'ÉCOLE... C'EST BIEN TROOOP LOOONG!

CE JOURNAL

appartient à

Jasmine Kelly

TAILLE : PARFAITE

POIDS : PARFAIT

COULEUR DES YEUX : PARFAITE

TRAITS DU VISAGE : PARFAITS

CHEVEUX : AUCUNE IMPORTANCE!

NOTES : Vraiment plutôt

acceptables si on ne compte

pas les cours que l'école nous

impose par pure méchanceté.

Si tu as
un gramme
d'intelligence,
TU VAS
ARRÊTER DE
LIRE MON JOURNAL
TOUT DE SUITE!!

SI TU VEUX SURVIVRE
JUSQU'À DEMAIN,
DU MOINS...

Bon, d'accord.
Je comprends que tu
t'en fiches un peu
si tout ce que tu as au
programme pour demain,
c'est d'aller à l'école,
mais quand même...

ARRÊTE
DE LIRE
MON
JOURNAL!!

À toi qui es en train de lire mon journal full nul,

Si tu as une toute petite miette d'intelligence, tu vas arrêter ça **tout de suite**.

C'est très sérieux! Penses-y comme il faut... Tu t'imagines probablement que je ne le saurai jamais, mais crois-moi, tu vas dire ceci ou cela, et c'est tout ce qu'il me faudra comme indice pour le deviner.

Et tu veux savoir **pourquoi?**

Parce que j'ai un an de plus, j'ai donc gagné en perspicacité. J'étais jeune et naïve quand j'ai commencé à tenir mon journal. Mais maintenant, il n'y a plus rien qui m'échappe.

Et je suis intelligente, **très** intelligente, crois-moi! Autant que les filles ingénieuses, dans les films... Tu sais, celles que les gens vont consulter quand ils ont un problème. Celles qui ont une magnifique chevelure **non blonde** et qui réussissent à régler le problème et à sauver l'humanité à tout coup?

Et chaque fois, la fille géniale non blonde dit : « Ouais, j'ai une solution. Je vais vous arranger ça, et je vous signale que je ne me servirai même pas des maths que j'ai apprises à l'école. »

Et alors, **L'HUMANITÉ EST SAUVÉE,** et pour montrer leur appréciation, tous les citoyens du monde déclarent les maths illégales, et le film finit sur une scène où ils radotent à n'en plus finir sur le fait qu'ils ont toujours haï les maths et qu'ils sont contents qu'elles aient disparu.

Je suis aussi intelligente que cette fille-là.

Signé,

Jasmine Kelly

P.-S. : Je sais qu'il ne faut jamais traiter les gens de nouilles, de nuls ou de niaiseux. Mais je n'ai jamais *dit* ça à personne. Je l'ai seulement **ÉCRIT** ici, dans mon journal — mon journal personnel et confidentiel que mes parents ne se risqueraient **jamais** à ouvrir... n'est-ce pas? Ils savent que le respect de ma vie privée est à la base de notre relation de confiance et que ce serait vraiment dommage de briser cette relation spéciale, intelligente et adulte entre nous.

P.-P.-S. : Je sais aussi que mes amies (et celles qui prétendent l'être) ne liraient jamais mon journal. Pas parce qu'elles ont peur de perdre **ma confiance**... mais parce qu'elles ont peur de perdre connaissance.

DIMANCHE 1ER

Cher journal full nul,

Marc a 100 pamplemousses. Si son ami Simon en prend 10 et que son frère Benoît en prenne 4, combien lui en reste-t-il?

J'ai déjà eu à résoudre ce problème-là dans un de mes cours de maths.

La solution était évidente : Marc faisait des réserves de pamplemousses tout à fait irrationnelles, et ça n'aidait pas que ses proches lui en volent aussi.

Le prof m'a dit que j'avais tout faux, mais je suis vraiment convaincue que c'est moi qui avais raison. Mon prof ne pouvait tout simplement pas accepter que Marc doive faire face à son problème de pamplemousses pour régler cette question.

Pauvre Marc...

C'est **VOTRE** faute, vous savez, Math et Matik!

Quoique... En fait, c'est plutôt Math et Matik qui ont un problème.

Personnellement, je suis convaincue que quelqu'un devrait les faire asseoir et leur dire : « Math, Matik, il est temps que vous arrêtiez de vous créer des problèmes comme ça. Ou, en tout cas, vous devriez au moins commencer à résoudre **vos problèmes** tout seuls, plutôt que de venir nous voir en pleurant chaque fois que vous voulez connaître la solution à une simili-tragédie de votre propre invention.

Et puis, Math et Matik, vous nous faites faire des grimaces vraiment affreuses pendant qu'on s'occupe de vous, et c'est tout simplement **injuste!** »

MATH ET MATIK PROVOQUENT D'HORRIBLES GRIMACES.

FRANCE HAIS DÉCLENCHE DE MIGNONNES EXPRESSIONS.

En fait — je peux bien te le dire — je ne suis pas très bonne en maths.

Pas parce que je suis nouille — **loin de là!** Demande à n'importe qui. Tout le monde va te dire que je ne suis pas nouille.

(En fait, il y a un concierge avec un bandeau sur un œil qui pourrait te dire que je le suis, mais j'étais juste en troisième année à cette époque-là, et il y a beaucoup d'élèves de troisième année qui se laissent convaincre par leur meilleure amie de jouer au golf à l'intérieur.)

Les adultes DISENT qu'on doit faire de l'exercice.

Mais si tu en frappes un et qu'il perd connaissance, il grimpe dans les rideaux!

Petit moment de nostalgie : pour bien des gens, c'est très difficile de mentionner le mot « nouille » sans penser à une de leurs amies les plus chères.

Dans mon cas, cette amie-là, c'est Émmilie.

Tu te souviens que le père d'Émmilie s'est fait offrir un super emploi et que sa famille a dû déménager, hein? Juste comme ça, Émmilie est entrée dans nos vies et, juste comme ça, elle en est ressortie. (Et pendant qu'elle était là, elle n'a jamais vraiment su si elle entrait ou si elle **sortait...**)

Elle me manque encore chaque fois que je vois quelqu'un pousser une porte quand c'est marqué « Tirez », ou se mordre un doigt en mangeant, ou poser une question comme : « Si les vampires sont invisibles dans les miroirs, comment savent-ils s'ils ont l'air gros dans leurs jeans? »

Oh, Émmilie, on s'ennuie de toi!

Chère nouille d'Émmilie!

LUNDI 2

Cher toi,

Cours de maths.

Mon prof, M. Henry, semble toujours décidé à m'enseigner les maths même si tout nous prouve que c'est impossible. Il est plutôt mignon, en un sens. C'est comme regarder un bébé qui essaie d'atteindre quelque chose juste en dehors de son lit à barreaux. Un gros bébé énorme et ennuyeux comme la pluie.

Tu vois, il me donne des problèmes à résoudre, mais je sais que, dans le fond, c'est moi, **son** problème. Ça se présente probablement comme ceci :

Jasmine + chiffres pêle-mêle = mathématicienne

Bien sûr, cette équation a l'air simple comme ça, mais ça ne fonctionne pas. Il m'a donc donné encore une mauvaise note et il a envoyé un billet à mes parents. Alors, à l'heure du souper mes parents m'ont fait savoir qu'ils n'étaient pas contents du tout. Ils m'ont donné quatre semaines pour améliorer mes notes, sinon...

Ils n'ont aucune idée de ce qui vient après ce « sinon », bien sûr, parce qu'alors ils auraient fini leur phrase et je n'aurais pas eu à mettre des points de suspension.

Comme d'habitude, « sinon... », ça veut tout simplement dire : « Il va t'arriver une chose à laquelle on n'a pas encore pensé, mais que tu n'aimeras pas du tout. » Mais ne va surtout pas demander ce que c'est.

Vous ne me faites pas peur...
Quel est le pire « sinon... »
que vous avez en réserve?

ME FAIRE MANGER UN BOL D'INSECTES?

M'OBLIGER À PORTER LES VÊTEMENTS DE MAMAN PENDANT UN AN?

OH, NON! PAS ÇA, S'IL VOUS PLAÎT!! PAS LES VÊTEMENTS DE MAMAN!!!

Ça me rappelle l'histoire du gars qui avait une cousine qui connaissait une fille qui allait à l'école avec une autre fille. Quand les parents de cette fille avaient entendu dire que les autres parents étaient fâchés contre elle à cause de quelque chose qu'elle avait fait à l'école, à l'hôpital, chez l'orthodontiste ou quelque part comme ça, ils lui avaient servi le bon vieux « sinon... », et elle avait fait l'erreur de leur demander : « SINON QUOI? »

Parfois, il y a des parents qui perdent la tête quand on leur demande « SINON QUOI? ». C'est justement ce qui est arrivé à ces parents-là. Et la première chose que la fille a su, c'est qu'elle s'est réveillée dans la forêt entourée de sept nains. **Je te le jure!!!**

Du moins, je crois que ça s'est passé comme ça. Peut-être que je mélange deux histoires. Je n'ai rien contre les nains, on s'entend, mais ça a dû être un peu déstabilisant de se réveiller avec sept d'entre eux en pleine forêt.

Je me demande si ça serait mieux avec seulement deux ou trois.

C'est pour ça que j'ai tout de suite téléphoné à Isabelle parce que, les billets des profs, c'est une de **ses grandes spécialités** – tout le monde sait ça.

Les parents d'Isabelle ont déjà reçu les cinq types de billets les plus connus :

- Votre enfant a des problèmes de ponctualité.
- Votre enfant a des problèmes avec ses devoirs.
- Votre enfant a des problèmes avec ses examens.
- Votre enfant a des problèmes de comportement.
- Votre enfant est un problème.

La mère d'Isabelle commence à en avoir une collection impressionnante...

GROS MOTS

CRACHATS

CLAQUES

BRIS D'OBJETS

AGRESSIONS

PHOTOS

COUPS DE POING

COUPS DE PIED

DÉMISSION D'UN PROF

GRAFFITIS

MORSURES

La première idée d'Isabelle, c'était que je dise à mes parents que le prof leur avait envoyé ce billet **par erreur** et qu'il m'avait confondue avec une autre fille de la classe qui s'appelle Jasmine elle aussi, et qui est probablement en train de se moquer de moi en ce moment même. Elle m'a conseillé de dire à mes parents que personne ne les blâmerait s'ils refusaient tout simplement de lire un autre billet de ce prof-là, ou de répondre à ses appels, vu qu'il est incapable de se souvenir du nom de ses élèves.

PROF
IDIOT

FAUSSE
JASMINE
(probablement blonde)

J'ai dû reconnaître que ce n'était pas si bête, pour une idée qui venait de lui passer par la tête juste comme ça. Mais je lui ai dit qu'à mon avis, ça n'était jamais une bonne idée de mentir, et elle a dit qu'elle était d'accord — sauf quand on est certain qu'on ne peut pas se faire prendre, bien sûr, puisqu'à ce moment-là, ça devient une idée géniale!

Comme Isabelle est très généreuse, elle m'a suggéré quelques autres idées originales, mais j'ai dû les rejeter, celles-là aussi.

Autres idées d'Isabelle

1. Supplier le prof de reconsidérer ma note. Promettre de faire mieux. Lui faire une prise de kung-fu.

2. Pleurer et lui demander d'oublier tout ça. Et, pendant qu'il réfléchit, lui faire une prise de kung-fu.

3. Commencer par le kung-fu. Et continuer avec le kung-fu.

Et puis, Isabelle a commencé à me poser toutes sortes de questions sur mes notes, ce qui m'a paru bizarre, parce qu'on ne discute généralement pas de ça entre nous.

C'est probablement parce que, quand tes notes sont **trop hautes**, tu risques de te faire traiter de chouchou du prof. Si elles sont **trop basses**, tout le monde va te traiter d'imbécile. Et si elles sont **trop moyennes**, ça va être autre chose — je ne sais pas quoi, mais crois-moi... On est au secondaire, après tout! Je suis sûre qu'il existe une insulte exprès pour les élèves qui ont des notes à peu près moyennes. Les méchancetés, on connaît ça, nous. Vaut mieux essayer d'éviter ça.

L'école secondaire a largement contribué à enrichir la langue française, en particulier pour ce qui est du **vocabulaire des insultes**. En voici un petit échantillon.

Un gars qui se vante d'être bon en maths, on l'appelle un MATHEUX.

Quelqu'un qui a un très gros bouton, on l'appelle BOUTONNAMUS.

Et les belles filles blondes, on les appelle... TROP SOUVENT.

MARDI 3

Cher toi,

On s'entend que les céréales santé brunâtres qui sont censées améliorer le transit intestinal chez les personnes âgées, c'est la pire façon de commencer la journée.

Mais un sermon des parents sur tes notes, il y a de bonnes chances que ça arrive en deuxième place.

Quand mon père a soulevé la question ce matin, je lui ai fait remarquer que j'avais de bonnes notes partout, sauf en maths. Alors il a dit :

— Tu dois avoir de bonnes notes dans toutes les matières.

— De toute façon, qui a besoin d'être bon en maths? ai-je répondu.

— MOI. Je suis comptable. C'est mon travail. Je sais comment ça se paie, des factures, moi, a-t-il dit.

— Papa... Si **tout le monde** était aussi bon que toi en maths, t'aurais pas de travail. Donc, moins les gens sont bons en maths, plus **notre** famille est riche!

Il a refermé la bouche, comme on referme un vieux livre de maths tout poussiéreux. Et il a regardé ma mère, l'air découragé.

Voilà! Je lui ai coupé le sifflet, à mon **matheux**!

Ma mère a ajouté son grain de sel en disant qu'il serait temps que je commence à prendre un peu de maturité et que cela comprend penser à avoir de bonnes notes pour entrer à l'université.

Je lui ai demandé pourquoi je devrais aller à l'université, de toute manière. Ce n'est pas comme si je voulais devenir médecin, avocate ou je ne sais quoi. Même les **podologues** n'ont probablement pas besoin d'aller à l'université plus d'un mois ou deux puisqu'ils soignent seulement une toute petite partie du corps de leurs patients et qu'il n'y a même pas d'organes vitaux dans cette partie-là.

Elle m'a regardée d'un air sévère et m'a dit :

— Tu ne sais probablement même pas encore ce que tu veux faire plus tard. Mais, un jour, tu seras sûrement contente de pouvoir dire à tout le monde que tu es allée à l'université. Je suis très fière de dire ça aux gens, moi.

— Tu pourrais leur dire même si tu n'étais pas allée. Tu pourrais leur raconter n'importe quoi. Que tu es une **orthodontiste ballerine astronaute**, si ça te tente, ai-je répondu.

Alors, ma mère a fermé la bouche et elle a regardé mon père, l'air découragé.

— C'est Isabelle qui lui met ces idées-là dans la tête, a-t-il dit.

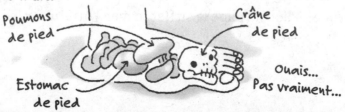

Poumons de pied

Crâne de pied

Estomac de pied

Ouais... Pas vraiment...

Mais c'est toujours risqué d'avoir le dernier mot, dans une discussion avec tes parents. Ils ont plein de trucs pour gagner, même quand ils perdent.

MERCREDI 4

Cher journal,

C'est Mme Avon qui nous enseigne le français, cette année. C'est une de ces personnes aux gencives hyperlarges et hyperroses, alors, quand elle nous fait un de ses hypergrands sourires, elle ressemble à un bol de crème glacée fraises/vanille/chocolat dont quelqu'un aurait mangé la partie au chocolat. Ça n'est pas du tout désagréable, mais on ne peut pas s'empêcher de le remarquer.

Et de regarder.

Malgré toutes ses gencives en trop, c'est une prof super, et je n'en reviens pas de voir à quel point je suis bonne dans son cours. Rien à voir avec le cours de maths.

Dans sa classe, je suis une **star**. J'aime lire, j'aime écrire, et je suis même prête à écouter patiemment ses leçons sur des trucs comme les pronoms. Faut dire que c'est une excellente invention, les pronoms, puisqu'au lieu de devoir dire tout le temps « J'ai vu le roi Alphonse Louis Barthélemy de la Pèterie Trois », on peut se servir d'un pronom pour dire simplement « Je **l'ai** vu ». Ça permet de gagner du temps, et de montrer au roi Alphonse Louis Barthélemy de la Pèterie Trois (et à tous les autres de la Pèterie) qu'on n'est **vraiment pas** impressionné.

D'ailleurs, j'aimerais bien savoir pourquoi les gens trouvent ça tellement « classe » d'ajouter des chiffres à la fin de leur nom...

C'est comme Louis XVI – 16, quoi! **16**??? Ça me fait croire qu'il y a quelque chose qui ne va pas du tout avec les Louis.

Les gens, en France, disaient : « On a déjà eu **15** de ces rois-là et on n'en a pas aimé un seul. On est rendus au **16**e, maintenant. On voulait essayer un Jean ou un Pierre, mais tout ce qu'il y avait, c'était des Louis. Ouache... »

Et puis, pourquoi est-ce que les gens comme moi ne pourraient pas ajouter « 1er » ou « 1re » à la fin de leur nom s'ils en ont envie?

Quoique... Il y a des adjectifs qui feraient beaucoup mieux...

Jasmine...

Les narines parfaites

La bien lavée

La belle peau lisse

La bien épilée

L'assez hydratée

Mais revenons-en à Mme Avon. J'ai à peine besoin d'écouter, dans son cours, et j'ai des super bonnes notes. Ce que ça prouve surtout, à mon avis, c'est qu'il y a quelque chose qui **ne va vraiment pas** avec Math et Matik. Ça devrait pourtant aller aussi bien qu'avec Mme Avon...

Au début, comme tout le monde, je m'entendais plutôt bien avec Math et Matik. On s'amusait à compter mes doigts et puis, quand notre relation a commencé à s'approfondir, on est passés à mes orteils.

Moi en adorable bébé joufflu

en train de compter adorablement mes adorables orteils rebondis

Dans ce temps-là, un 2, ça ressemblait à un cygne, un 5, ça ressemblait à un canard, et un 4, c'était la voile d'un petit bateau minuscule.

Plus tard, j'ai constaté que le 6 et le 9 étaient des serpents enroulés sur eux-mêmes. J'aurais dû comprendre aussi que le 8 était un bonhomme de neige sans tête. Ça aurait été un avertissement...

J'ai peut-être l'**air négative** quand je dis ça, mais c'est difficile d'être positive au sujet des nombres quand on apprend que plus de la moitié d'entre eux sont eux-mêmes négatifs.

Il y a le zéro qui n'est jamais négatif, je le sais bien. Mais il est nul. Il n'arrivera jamais à grand-chose tout seul, et ça, ça ne doit **pas être facile** à accepter!

Mais les mots, c'est autre chose.

Bien sûr, il y en a qui ont fait des choix douteux au sujet de leur orthographe, mais quand on n'est pas trop sûr de la façon d'épeler un mot, on peut toujours trouver un ~~sinonime~~ ~~sinonyme~~ ~~synonime~~ un autre mot pour dire la même chose.

C'est aussi une option très utile quand on doit dire à quelqu'un qui porte quelque chose d'affreux que ça a l'air affreux sans pour autant employer le mot « affreux ». **(Les gens qui portent des choses affreuses** devraient être particulièrement contents de ça.)

Donc, aujourd'hui, pendant le cours de français, Mme Avon nous a demandé d'écrire un paragraphe pour expliquer un court poème qu'elle venait de nous lire.

J'ai terminé le mien très vite, et quand je me suis tournée par hasard vers Angéline, j'ai constaté qu'elle écrivait, puis effaçait, puis écrivait, puis écrivait encore, puis effaçait, puis regardait le plafond avant d'écrire encore un peu.

Je ne t'ai probablement jamais parlé d'Angéline, cher toi, parce que je n'avais jamais vraiment remarqué sa beauté incomparable, son éternelle gentillesse et sa popularité exceptionnelle. Si je t'en parle maintenant, c'est seulement parce que son oncle Dan est marié à ma tante Carole, ce qui veut dire qu'on est dans la même famille... **mais pas vraiment**.

On pourrait dire qu'Angéline est une **simili-amie**. Je pense que je l'aimerais plus si les autres l'aimaient moins.

En tout cas... Angéline se mordait la lèvre et tirait sur ses lumineux cheveux blonds — qui sont en fait plutôt **moyens** dans la catégorie des lumineux cheveux blonds — en se débattant avec ce petit paragraphe.

Sérieusement, Angéline, ce n'est pas si difficile que ça! Il suffit d'écrire et d'en finir.

Hé, Angéline!

J'ai inventé un crayon rien que pour toi, nunuche!

À la fin du cours, Mme Avon nous a demandé si on voulait lire nos petits paragraphes à haute voix. J'ai levé la main, juste pour dire, mais Mme Avon a plutôt invité Angéline, qui n'avait même pas la main levée. Angéline avait dû se servir d'une sorte de **joliesse télépathique** pour attirer l'attention de la prof.

Comme j'étais à peu près certaine qu'Angéline allait dire des âneries, j'ai pris une grande inspiration et j'ai serré les lèvres, prête à faire le grand *pppffffffttt* approprié quand elle aurait fini de lire son paragraphe.

Mais non! Mme Avon a dit que c'était super, et elle a fait rayonner ses gencives roses partout dans la classe, et même Henri Riverain (le huitième plus beau gars de la classe) a souri en hochant la tête.

Oh, wow!
Regarde comme elles sont contentes, ces gencives!

J'avais très envie de faire remarquer qu'il y avait eu tellement d'effaçage, pendant l'écriture du petit paragraphe d'Angéline, que le plancher sous son pupitre était maintenant couvert de miettes roses de gomme à effacer — mais la cloche a sonné juste à ce moment-là. De toute manière, je ne savais pas vraiment comment faire valoir qu'Angéline était bonne en français seulement si elle faisait un **immense effort,** alors que moi, ça me venait très facilement, ce qui rendait du coup son travail nettement moins impressionnant.

Bien sûr que les avions volent...

Mais les oiseaux aussi, et ils n'ont pas besoin de carburant ni d'agents de bord.

OK. Mauvais exemple... Des agents de bord d'oiseaux, ça serait super cool!

Non, mais, **sérieusement!**... Quand quelqu'un travaille aussi fort, est-ce que ce n'est pas un peu comme avoir des faux cils, des fausses joues ou des faux yeux? Il n'y a **pas de quoi s'exciter** le poil des jambes!

J'ai dû me contenter de montrer à tout le monde ma gomme à effacer parfaitement intacte en sortant de la classe.

ÉNORMES réalisations que mes amis devraient trouver plus impressionnantes.

Mes crayons avec gomme à effacer intacte

Quand je fais tous les chiffres de la combinaison du PREMIER COUP

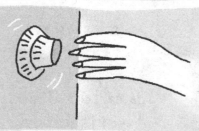

Quand je verse une quantité absolument parfaite de vinaigrette, comme un grand SAVANT saladiste

JEUDI 5

Cher nul,

Isabelle s'est plainte, à Angéline et à moi, qu'elle était encore **cassée** comme un clou. Chaque fois qu'Isabelle veut s'acheter quelque chose, on doit écouter toutes ses idées sur les façons de gagner de l'argent jusqu'à ce qu'elle obtienne la chose convoitée.

Une des idées d'Isabelle pour gagner de l'argent

Faire payer ses voisins pour garder leur chat.

Leur faire payer un supplément pour leur révéler OÙ elle le garde.

Ne t'en fais pas, je vais la dissuader de faire ça.

Isabelle ne reçoit pas d'argent de poche, et on est trop jeunes pour avoir de vrais emplois. Alors, c'est un peu difficile de trouver de l'argent. Les choses ont changé depuis l'époque de nos parents, qui avaient juste à livrer des journaux ou à dévaliser des diligences.

Isabelle m'a dit que son père lui donnait jusqu'à 10 $ chaque fois qu'elle rapportait un bon bulletin à la maison, mais elle pense que le prochain ne lui rapportera probablement pas plus que 2 $, et ça ne sera pas suffisant.

Angéline a dit que ses parents ne songeraient **jamais** à lui donner de l'argent quand elle a des bonnes notes, et je ne pense vraiment pas que les miens le feraient eux non plus. Je n'oserais même pas le leur demander. J'imagine facilement l'interminable sermon que ça déclencherait.

Ouais... Merci, mais... Non merci!

Après le souper, ce soir, mes parents sont revenus sur le sujet de mes notes et de la maturité. J'ai eu l'impression qu'ils avaient préparé de nouveaux arguments que je ne pourrais **pas leur renvoyer à la figure** comme je l'ai fait l'autre jour.

Mon père a commencé en disant que j'avais besoin des maths parce que, si je voulais un jour construire une fusée ou quelque chose, ça me permettrait de calculer la quantité de carburant à y mettre.

Je te jure! Il a vraiment dit ça!

Vraiment.

Ma mère l'a regardé sans rien dire pendant quelques secondes avant de le faire asseoir doucement dans son fauteuil en lui mettant un doigt sur la bouche. Je me suis dit que c'était probablement comme ça qu'on traiterait un bœuf très vieux et très exubérant si on n'était pas encore tout à fait prêt à en faire du ragoût aujourd'hui, mais peut-être demain.

Ouais. OK.
Ça pourrait m'arriver,
c'est clair!!!

ESSENCE

Et puis, ma mère s'est tournée vers moi, et j'ai eu l'impression tout à coup que je pourrais moi aussi devenir un des ingrédients dans le ragoût de demain.

— Il **FAUT** que tu améliores tes notes, a dit ma mère. Tu n'y crois peut-être pas pour le moment, mais je te le dis, Jasmine Alexandra Kelly, soit tes notes grimpent soit **tu dégringoles à cause d'elles.**

Quand j'ai entendu mon deuxième prénom, ça m'a brûlé l'intérieur de l'oreille. Je déteste ça quand elle m'appelle comme ça, et elle le sait. Alors, j'ai dit :

— J'adore ça quand tu m'appelles par mes deux prénoms. Tu veux bien faire ça tout le temps?

— Je t'assure, elle a pris ça d'Isabelle, a répliqué le bœuf, bien calé dans son fauteuil.

VENDREDI 6

Allô, toi!

Isabelle m'a rappelé que je l'avais invitée à coucher chez moi ce soir. Elle a bien fait parce que c'est le genre de chose que j'oublie souvent si on ne me les rappelle pas gentiment. Elle s'est aussi rappelé tout à coup que je lui avais emprunté 1 $ il y a huit ans. Et le plus incroyable, c'est qu'elle s'est même rappelé que c'était un mercredi. Elle est **teeeelllllement bonne** avec les chiffres! J'aurais bien pu oublier de la rembourser.

Isabelle est ici tellement souvent que mes parents ne se donnent même pas la peine de faire le ménage avant qu'elle arrive ou de parler comme il faut devant elle. En fin de compte, je suis sûre qu'ils l'aiment bien.

Tout le monde sait que, plus tu aimes quelqu'un, **moins** tu soignes ton apparence en sa présence.

Devant
les étrangers

Devant
les amis

Devant
la famille

Mes parents se sentent **tellement à l'aise** avec Isabelle, en fait, qu'ils ont décidé de reprendre leur sermon sur mes notes pendant le souper, même si elle était là.

Mon père lui a demandé, en essayant de prendre un air détaché :

— Alors, Isabelle, qu'est-ce que tu penses des notes? Est-ce que c'est important pour toi?

Et il m'a regardée comme un avocat qui viendrait tout juste de poser LA question qui allait permettre de prouver la culpabilité de l'accusé et lui valoir **une peine de mathématiques à vie**.

Isabelle lui a jeté un regard pénétrant. Je l'ai déjà vue faire ça. Ça fait peur. Elle est capable de t'ouvrir la tête avec ses yeux pour aller voir ce qu'il y a dedans.

Un jour, quand on était petites, j'ai vu Isabelle battre une brute simplement en le regardant.

— Bien sûr que c'est important, a dit Isabelle.

Et, comme elle avait prévu ma réaction, elle a déplacé sa jambe avant que je puisse lui **donner un coup de pied** sous la table. Isabelle se fait donner des coups de pied sous la table assez régulièrement, alors elle est capable de deviner tes intentions dès que tu bouges très légèrement les épaules.

Et puis, elle a ajouté :

— Mais ce n'est pas toujours facile d'améliorer ses notes. Les parents ne comprennent pas toujours à quel point c'est difficile. Une ado, ça a bien des choses dans la tête, vous savez.

Ma mère a arrêté de mastiquer un instant et elle a regardé attentivement Isabelle. Mon père, lui, a continué de manger et s'est contenté de hocher la tête.

Ça m'a un peu **dégoûtée** d'entendre parler Isabelle comme une conseillère d'orientation, une directrice d'école ou une autre clownesse dans le même genre. Et pourtant, crois-moi, j'en ai entendu des choses dégoûtantes sortir de cette bouche.

DES ROTS

DES COMPARAISONS DE PETS

DES OBSERVATIONS SUR LA CIRE D'OREILLE, LES VERRUES ET LES BLESSURES

DES COMMENTAIRES ADMIRATIFS SUR DES GENS VRAIMENT PAS ADMIRABLES

Juste au moment où je pensais aux bouches et aux choses dégoûtantes qui en sortent, Sac-à-Puces et sa Pucette (mon beagle obèse et sa fille tout aussi obèse) se sont mis à japper, à gronder et à se disputer pour une petite miette de nourriture qu'Isabelle avait échappée par terre.

— Vaudrait mieux les mettre dehors, a dit Isabelle.

Alors j'ai pris les deux membres du **Duo Dégueu** par le collier et je les ai fait sortir dans la cour arrière.

Heureusement, le temps que je revienne, Isabelle avait repris ses esprits et elle avait fini de parler de l'avenir des gens et des autres **âneries** dans le même genre.

Si tu veux avoir des chiens, tu dois apprendre à faire la marche du collier.

OINK
PROUT
GRRR
OINK

Pendant le reste de la soirée, on a parlé uniquement de choses qui comptent vraiment dans la vie.

Les crêpes sont les seuls aliments qu'on sert en piles.

Je me demande bien pourquoi.

Des sandales de plage à talons hauts, ça serait à la fois chic

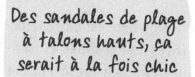

et ridicule.

Il faudrait dire aux oies qu'elles ne nous font pas si peur que ça.

Aucun calcul mathématique n'a été effectué au cours de la soirée.

SAMEDI 7

Cher nul,

Mon père est allé chercher des hamburgers et des frites pour le dîner, et Isabelle et moi on s'est régalées pendant que Sac-à-Puces et sa Pucette nous regardaient manger.

C'était facile de deviner à quoi ils pensaient, parce que les chiens ont le choix entre seulement **cinq pensées**, c'est bien connu.

1. J'ai envie de dormir.
2. J'ai envie d'aller à la toilette, mais je n'ai pas besoin d'une vraie toilette.
3. J'ai envie de manger ce que tu manges en ce moment.
4. J'ai envie de me gratter, de me sentir ou de me lécher quelque part, et je m'en fiche pas mal si quelqu'un me regarde.
5. J'ai envie de japper jusqu'à ce que quelqu'un crie après moi.

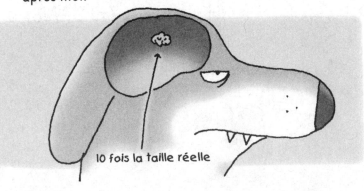

10 fois la taille réelle

Isabelle aime bien agacer les chiens en faisant semblant de leur lancer une frite et en les regardant se précipiter, ce qui n'est vraiment pas gentil. Je lui ai même dit d'arrêter, après une **soixantaine de fois**.

Sac-à-Puces trouve ça particulièrement frustrant, puisqu'il est encore plus énorme que sa Pucette et que, pour une raison que j'ignore, les chiens énormes tiennent **énormément** à rester énormes. Mon oncle Lou partage d'ailleurs cette caractéristique avec Sac-à-Puces, tout comme sa capacité de péter dans une voiture aux fenêtres fermées où il y a d'autres passagers. (L'histoire de l'oncle Lou est longue et terrifiante. Disons seulement que j'ai à peu près réussi à survivre en respirant par les trous de deux pastilles Life Saver à la menthe que je tenais tout près de mes narines pour éviter de suffoquer.)

J'ai déjà entendu bien des gens dire que le monstre du Loch Ness n'existait pas, pas plus que les fantômes ou les petits hommes verts venus d'une autre planète, mais je n'ai jamais entendu **quelqu'un nier** l'existence des Sasquatch après avoir vu mon oncle Lou à la plage.

Il est déjà venu passer une nuit chez nous, et après son passage dans la douche, on avait l'impression qu'il y avait du tapis dans le fond de la baignoire.

Ma mère était quand même très contente de l'avoir comme invité puisque c'est le seul humain sur la Terre qui aime sa cuisine. Du cartilage, des os, des becs — il se **fiche complètement** de ce qu'on lui donne à manger.

Il doit se dire : « J'aime tout ce qui me permet de faire des pets assez horribles pour tuer ma nièce Jasmine. »

Isabelle ne voulait ni regarder un film, ni faire du vélo, ni même faire des maquillages de zombies, de vampires ou de gothiques, ce qui est pourtant son activité préférée... du moins parmi les non punissables.

Donc, comme elle ne voulait vraiment rien faire d'important, on a fini par faire **nos devoirs. Un samedi!!!** C'est ce qu'Angéline fait tout le temps, et du coup, son dimanche se transforme en drôle de substitut de samedi. Mais changer l'ordre des jours comme ça doit avoir un effet sur **l'ordre naturel des choses.** Je n'irai pas jusqu'à dire qu'Angéline est en partie responsable du réchauffement climatique, mais il n'y a personne qui peut le nier catégoriquement, ça, c'est clair!

MOI

MOI EN GOTHIQUE

MOI LE LUNDI MATIN

Même si Isabelle était contre, on a commencé par faire notre devoir de français. Ça semblait logique comme point de départ, surtout parce qu'on était chez moi et que je lui ai dit qu'elle pouvait **rentrer chez elle** si elle n'était pas d'accord.

Comme devoir, on devait écrire un court poème sur la vie. C'est le genre de devoir que je trouve plutôt facile, puisque j'emploie des mots tous les jours et que je n'ai pas envie de tabasser quelqu'un quand j'en vois (c'est souvent comme ça que je me sens quand je vois des chiffres).

Voici donc le poème que j'ai magnifiquement composé :

Ta vie, c'est comme une pizza.
Qu'elle soit carrée ou qu'elle soit ronde,
Tu aimeras beaucoup mieux ça
Si tu en donnes à tout le monde.

J'ai laissé Isabelle le lire pour l'aider à comprendre ce que c'est, écrire de la poésie. Isabelle n'a pas l'air de s'intéresser beaucoup aux mots. Je suis à peu près sûre qu'elle serait **parfaitement satisfaite** d'en

Je suis tellement bonne qu'on me permettrait d'écrire tout le temps sur des parchemins.

connaître seulement une douzaine, du moment qu'il y en aurait au moins deux gros dans le lot.

Isabelle a écrit et effacé pendant un bon bout de temps avant d'arriver **enfin** à son poème :

La vie c'est comme une pizza.
C'est bon à manger.
Tu fais mieux de m'en donner,
Espèce de grosse goinfre.

Je suis restée baba quelques minutes, après l'avoir lu. Je ne savais pas trop quoi dire.

On s'entend que Molière aurait sûrement utilisé « grosse goinfre » s'il y avait pensé, hein?

Finalement, je lui ai simplement fait un **gros câlin**. C'était ce qui exprimait le mieux ma pensée. Le poème d'Isabelle était la chose la plus extraordinaire qu'elle avait composé de toute sa vie. Elle n'avait jamais rien écrit d'aussi long, sans que ce soit la répétition d'une phrase au sujet d'un objet qu'elle ne briserait plus ou qu'elle ne percerait plus jamais.

J'étais tellement contente que j'étais même prête à **faire des maths**.

Isabelle est plutôt bonne en maths, parce que les choses qui la touchent le plus ont généralement rapport avec les chiffres : les heures de retenue, l'argent, le nombre de points de suture que quelqu'un a dû avoir à cause d'elle...

Elle tient aussi des comptes précis au sujet des revanches à prendre sur ses MÉCHANTS GRANDS FRÈRES.

On s'est amusées avec quelques problèmes de maths. Dans le premier problème, il était question d'un gars dans un train, mais Isabelle l'a **modifié** pour que je le déteste un peu moins. Le gars dans le train est devenu Lady Gaga en tournée. Je devais calculer à quelle heure elle devrait partir de New York si elle voulait arriver 15 minutes en retard à son spectacle, ce qui est assez long pour se faire désirer, mais **pas assez** pour que les fans commencent à s'impatienter, et à s'arracher mutuellement les faux cils, ou les souliers à talons de 35 centimètres, ou encore les chapeaux en pain aux bananes ou en cintres en plastique... tu vois le genre.

Dans mon problème de maths, Lady Gaga conduit son propre autobus.

Et elle porte un uniforme vraiment fabuleux.

Après un bout de temps, on a fini par passer à nos vrais problèmes de maths. C'était beaucoup moins gagaïesque, mais ça m'a paru un peu plus facile grâce à Isabelle, qui était là pour m'offrir son **soutien affectueux**, ses **commentaires affectueux** et ses **coups de coude affectueux** chaque fois que je faisais une erreur.

MÉCHANT

AFFECTUEUX
Je sais faire la différence.

DIMANCHE 8

Cher journal,

D'habitude, mon horaire du dimanche va à peu près comme ceci :

8 h 00 : Le réveil sonne.

8 h 15 : Le réveil sonne encore.

8 h 30 : Le réveil sonne encore une fois.

9 h 00 : Ma mère me sonne.

De 9 h 30 au coucher : Je me promène dans la maison sans but précis en tâchant de ne pas faire mes devoirs que je vais devoir faire de toute manière avant de me coucher — et le pire, c'est que je le sais! — tout en évitant les questions de mes parents sur les devoirs, sur le ménage de ma chambre et sur les-crottes-à-ramasser-dans-le-jardin-avant-que-mon-père-passe-dessus-avec-la-tondeuse-à-gazon-et-qu'il-fasse-un-horrible-arc-en-ciel-de-crottes.

C'est juste d'une couleur, mais ça ressemble à un arc-en-ciel, non?

Mais comme on avait fini nos devoirs hier, Isabelle et moi, j'étais libre de passer mon dimanche après-midi **à ne rien faire**. J'ai été surprise d'apprendre que beaucoup de gens faisaient ça tout le temps.

Ça doit être comme ça que les zombies se sentent quand ils rencontrent d'autres zombies.

Je suis allée magasiner avec ma mère pour m'acheter de nouveaux pyjamas. (Je suis maintenant trop grande pour appeler ça un « pij ».) Ma mère voulait aussi m'acheter un sac à main parce que j'oublie toujours un paquet d'affaires quand je sors de chez nous, comme mes lunettes de soleil, mon argent, mon baume à lèvres et plein d'autres choses.

Le sac à main est censé m'aider à m'organiser. Comme ça, si je mets toutes mes affaires dedans, plutôt que d'oublier tout un assortiment d'objets quand je vais sortir de chez nous, j'oublierai seulement UNE chose : mon sac à main.

Qu'est-ce qu'on met au juste dans un sac à main, de toute manière?

À moins que ma mère soit en train d'essayer de me dire que **je vieillis**... T'as remarqué comment, plus une femme vieillit, plus la taille de son sac à main augmente? C'est comme le portefeuille des hommes. C'est une simple question de biologie.

LUNDI 9

Cher nul,

Mme Avon a lu certains de nos poèmes sur la vie en classe, aujourd'hui. Elle a lu le mien, comme il fallait s'y attendre, et même le début de celui d'Isabelle. (Seulement quelques mots, en fait. Probablement jusqu'à ce qu'elle voie la partie sur la « grosse goinfre ».)

Et puis, elle a lu celui d'Angéline :

Quand on écrit, si on se trompe, on efface.
Et on écrit autre chose à la place.
Mais quand on parle c'est autre chose,
On écrit à l'encre, on parle en prose.

Sérieusement... Êtes-vous vraiment obligée d'agiter le bras en lisant le blabla d'Angéline ?

Bon, d'accord, nul, j'ai quand même appris quelques petites choses dans toutes mes années d'école. D'abord la différence entre les alligators et les crocodiles. (Même si les alligators et les crocodiles s'en fichent pas mal, eux. Alors, vaut mieux **les éviter tous les deux!**) Une autre fois, j'ai appris qu'il y avait dans le monde des concierges trop idiots pour s'enlever du chemin des balles de golf. Mais aujourd'hui, j'ai appris quelque chose de nouveau :

Le son que ma bouche ferait si elle s'ouvrait au **maximum** et qu'elle restait comme ça pendant **30 bonnes secondes.**

Ça donne à peu près ceci :

Je veux dire... Imagine **comment** les parents d'Angéline ont dû s'y prendre pour lui faire comprendre, le jour de sa naissance, qu'elle devait commencer à composer un poème de quatre lignes pour le jour où elle serait en secondaire deux.

Ils ont dû lui dire qu'elle devait faire quelque chose de brillant, et de personnel en même temps. Et qu'elle aurait besoin du talent de toute une vie pour écrire ce petit poème.

Parce que, compte tenu du talent d'Angéline, il a **sûrement** fallu une planification à aussi long terme pour qu'elle arrive à écrire un poème aussi ~~excellent~~ acceptable.

Angéline m'a regardée avec son immense sourire — vraiment trop grand, trop blanc et trop étincelant au goût de la plupart des gens — et elle a levé les sourcils, pleine d'espoir. Avant que je puisse l'en empêcher, mon pouce impulsif et désobéissant s'est levé pour la féliciter. Qu'est-ce que tu veux que j'y fasse? Mon pouce sait reconnaître un poème acceptable quand il en entend un.

Note à moi-même : Inventer des gants pour empêcher ça.

Finie, la positivité accidentelle!

Après l'école, j'ai demandé à Isabelle ce qu'elle pensait du poème d'Angéline. Elle m'a répondu qu'elle avait eu l'impression d'entendre un magnifique poème écrit par une merveilleuse reine fée montée sur une licorne argentée, qui écrirait avec une plume de paon trempée dans l'encre à saveur de framboise sur une feuille de papier doré tenue devant elle par deux bébés koalas jumeaux vêtus du même costume marin rose bonbon.

Isabelle a déjà dit bien des choses horribles dans sa vie, mais même moi, je n'étais pas prête pour ça.

Sérieusement, Isabelle, c'était **plutôt mignon**.

Elle a dit aussi que les koalas avaient des petits canards dans les bras et qu'ils suçaient leur pouce. Et que leurs ongles étaient peints en rouge, comme des petites fraises.

MARDI 10

Allô, toi!

J'ai reçu un courriel d'Émmilie aujourd'hui. Tu te souviens d'Émmilie, hein? Elle était très mignonne et tout le monde l'aimait, mais elle n'a pas vraiment inventé les boutons à quatre trous...

Ni le fil à couper le beurre. (T'en as déjà vu, toi, un fil comme ça?)

Tout ça pour dire qu'Émmilie n'est pas vite, vite. Mais elle comprend assez vite quand on lui explique longtemps.

En fait, ce n'est pas moi qui ai reçu son courriel. Elle l'avait envoyé à Isabelle, et Isabelle l'avait imprimé pour me le montrer :

Chère Isabelle, chère Jasmine et chère Angéline,

J'adore ma nouvelle école. Excepté le premier jour, parce que la manche de mon manteau s'est prise dans la porte de mon casier, alors j'ai dû rester là à attendre qu'une fille super brillante me suggère d'enlever mon manteau. J'aurais bien aimé qu'elle me suggère ça plus tôt, ça m'aurait évité de passer la journée là.

Je suis dans le cours avancé en maths et j'ai des A tout le temps.

Bises, Émmilie

Quoi??? **Émmilie réussit mieux que moi en maths?** Ce n'est pas possible!!! La dernière fois que je l'ai vue, elle était incapable de faire des divisions parce qu'elle avait peur de faire mal aux chiffres qu'elle devait diviser.

Isabelle m'a tapée gentiment sur la tête en repliant la lettre avant de la fourrer dans mon sac à main. Et elle m'a dit :

— **Faut pas t'en faire.** Si Émmilie est bien meilleure que toi en maths, c'est probablement juste parce qu'elle a 11 orteils, alors elle a pu commencer à compter jusqu'à 11 à l'âge où toi, tu comptais seulement jusqu'à 10.

Ça m'a paru tout à fait logique, alors je me suis demandé combien d'orteils Albert Einstein pouvait bien avoir. Il devait en avoir tout le long des jambes. Ils auraient pu nous apprendre ça dans le cours de sciences, non?

Je parle probablement pour tout le monde, monsieur Einstein, en appuyant votre décision de ne pas devenir mannequin pour maillots de bain.

MERCREDI 11

Salut, nul!

Les profs font un **métier vraiment très difficile** : ils doivent enseigner des choses nulles à des élèves encore plus nuls.

Ça a des conséquences terribles sur leur cerveau, sur leur corps et sur leur garde-robe, comme tout le monde peut le constater.

Le résultat, c'est qu'ils doivent constamment trouver des trucs ridicules pour rendre la matière minimalement intéressante, sinon tout le monde — les profs comme les élèves — risquerait de se lever et de sortir de l'école. En effet, si on se rendait soudainement compte que toute **cette histoire d'école** a assez duré et que — hé! — pourquoi est-ce qu'on ne sortirait pas plutôt dans la rue, pour s'amuser à lancer des boules de boue?

À cause de tout ça, la prof de français nous a annoncé qu'il y aura un **concours de vocabulaire** en classe. C'est comme un concours d'épellation, mais plutôt que de devoir épeler des mots correctement, on va devoir dire ce qu'ils **signifient**.

Et, pour que ça soit plus juste, **ce sont les élèves** qui vont choisir les mots à définir. On doit proposer chacun trois mots avant le concours, et la prof va choisir les mots au hasard. Je suppose que ça veut dire que même les élèves les plus nuls ont une chance d'en connaître au moins quelques-uns.

Ce n'est pas en effaçant et en réécrivant constamment que tu vas gagner ce concours-là, Angéline! Soit tu connais une pléthore de mots soit tu n'en connais pas.

Exactement! Je connais le mot « **pléthore** », moi! Ça veut dire « une grande quantité », et nous, les génies de la langue, on dit ça plutôt qu'un « char » parce que ce n'est pas un mot très poli à écrire dans un journal intime pour une jeune fille.

« CAVE », ce n'est pas très poli non plus, alors je n'écris jamais ça dans mon journal quand je parle d'Angéline.

Moi, digne et polie

J'ai proposé à Isabelle de l'aider à se préparer pour le concours de vocabulaire et de lui enseigner les mots que j'avais l'intention de proposer. Comme on a encore quelques semaines, je me suis dit qu'on pourrait travailler un peu à la fois.

Elle a dit que c'était une excellente idée et qu'on pourrait commencer tout de suite après avoir fait notre devoir de maths chez moi ce soir, comme j'avais promis de le faire – paraît-il – il y a plus de deux ans. Je ne m'en souviens absolument pas, mais comme je l'ai déjà dit, Isabelle a une excellente mémoire pour les trucs comme ça. J'ai fini par apprendre qu'il fallait se **fier à elle** dans ces cas-là.

L'EXTRAORDINAIRE CERVEAU d'Isabelle se souvient de CHAQUE PETITE CHOSE que les gens n'ont jamais faite pour elle.

Tout est là-dedans!

Je ne te raconterai pas ce qu'on a fait en maths, parce que parler des maths qu'on a déjà faites, c'est exactement comme si on mangeait des maths et qu'on les vomissait ensuite.

Disons seulement qu'avec l'aide d'Isabelle, je pense que les maths commencent à être un peu plus faciles. Ce qui me fait dire que, si Isabelle avait été **naturellement soporifique**, elle aurait pu devenir prof de maths.

Je suppose que, si elle se retrouve au chômage un jour, elle pourrait faire semblant d'être soporifique.

Elle aurait aussi besoin d'une coiffure **OFFICIELLE** de prof.

Maîtresse d'école	Frisotté	Frange extralongue
Ultra-traditionnel – pour les profs d'il y a cent ans	Sans entretien – mais oblige à porter des bijoux pour éviter d'être prise pour un garçon ou un caniche	Parfait pour les profs qui préfèrent ne pas voir à quel point leurs élèves sont nuls

Ensuite, on a travaillé à notre concours de vocabulaire. Comme je te l'ai déjà dit, Isabelle déteste le français, alors je dois choisir des mots qui peuvent l'intéresser. Son mot pour aujourd'hui, c'était :

Hurluberlu : personne bizarre, extravagante

Je ne sais plus où j'ai trouvé ça. C'est comme ça, les mots. On les lit quelque part et puis, des années plus tard, on s'en sert pour décrire sa cousine Félicia qui a essayé un jour de sécher ses cheveux dans un gaufrier parce qu'elle était pressée.

Elle voulait aussi faire poser des fenêtres en verre correcteur dans sa maison parce que, comme ça, elle n'aurait plus besoin de lunettes pour regarder dehors.

Tu vois? C'est presque une bonne idée, mais en même temps, c'est assez fou. Exactement ce que dit mon mot.

En tout cas, c'est un mot qu'Isabelle a beaucoup aimé.

Félicia a aussi essayé d'inventer des vêtements comestibles.

Elle s'est mise à manger ceux qu'elle avait sur le dos, tout simplement.

Ensuite, c'est Isabelle qui m'a appris un mot :

Escogriffe : rongeur d'Australie stupide
et méchant qui mange des koalas.

Je n'avais jamais entendu ça, mais c'est encore une
chose qui est bien, avec les mots : on en apprend tout le
temps des nouveaux.

On ne peut pas en dire autant des chiffres.

JEUDI 12

Cher journal,

Le jeudi, c'est le **jour du pain de viande**. Chaque semaine, ce jour-là, la surveillante, Mlle Brunet, se promène dans la caf comme un zeppelin pour être certaine qu'on termine notre repas. (Je devrais peut-être prendre « **zeppelin** » comme mot pour le concours. Au cas où tu te poserais la question, journal, ça veut dire « **gros tas de graisse énorme** » — dans ce contexte-là, du moins.)

Mais revenons-en au pain de viande.

Nous, on n'est pas ici pendant l'été... mais certains élèves y sont. Eh oui! Il y en a qui viennent suivre des cours d'été. (**Ooohh**... Essaie d'imaginer en trame sonore une musique dramatique et inquiétante, avec du tonnerre et un cri dans le brouillard, au loin.)

Je trouve ça tragique, et pas seulement parce que ces pauvres jeunes-là perdent des heures précieuses de sommeil matinal. Pas seulement non plus parce que les profs sont probablement habillés très été et que la vue de tout ce supplément de chair vieillissante doit sûrement être, pour les élèves enfermés là, un rappel quotidien terrifiant de ce que l'avenir leur réserve.

Non, la véritable tragédie, c'est qu'ils doivent manger du pain de viande de la caf PENDANT L'ÉTÉ.

On a appris à vivre avec ce pain de viande. Il y en a tous les jeudis, et il y en a toujours eu depuis l'ouverture de l'école, en 1492 ou quelque part par là.

On le mange, on a affreusement mal au cœur et on s'en remet juste à temps pour en remanger sept jours plus tard. On est toujours à moins de trois jours d'une horrible expérience de pain de viande. (Et je ne peux m'empêcher de remarquer à quel point les maths **ne sont pas gentilles** de nous le signaler.)

Et puis, l'été finit par arriver, on échappe au pain de viande pendant quelques mois, et on peut vivre dans le luxe en se bourrant de hot-dogs et de sucettes glacées. Notre système digestif se rétablit, et nos papilles gustatives commencent prudemment à refaire surface sur notre langue, certaines qu'elles ne se feront plus attaquer par du pain de viande.

Mais les jeunes qui suivent des cours d'été n'ont pas cette chance. Aujourd'hui, à la caf, Isabelle m'a dit qu'ils devaient en manger **tous les jours**, pendant tout l'été.

Dose de tout un été

Isabelle a des méchants grands frères, vois-tu, et il y en a un qui a déjà dû suivre des cours d'été.

Elle dit qu'il fait toujours chaud à l'école, l'été, et que ça pue **terriblement** parce que tous les profs portent de la crème solaire parfumée à la noix de coco avec un facteur de protection d'environ 200 – autrement dit, ça ressemble à une couche de peinture blanche qui sent la noix de coco. Et aucun des profs gentils n'est là pendant l'été. Aucun. Tous les cours sont donnés par les remplaçants – du moins, **ceux qui ne sont pas internés dans une institution psychiatrique.** Voici quelques-uns de ces remplaçants qu'on connaît trop bien, hélas!

C'est l'amour qui mène le monde, mon enfant.

M. HIPPIE ATTARDÉ

Cite des chansons qu'on n'a jamais entendues.

Mérie? Marée? Morie? Manie?

MLLE DI TOUCROCHE

Incapable de prononcer le nom d'un seul élève.

Angéline n'était pas d'accord avec Isabelle. Elle affirme que, les cours d'été, ça n'est pas comme ça du tout, mais quand Isabelle lui a demandé d'où elle tenait cette information, elle n'a plus dit un mot.

Comme les cours d'été durent seulement quelques mois, Isabelle a dit qu'il y avait **trois fois** plus de devoirs que pendant l'année scolaire. Elle nous a raconté qu'elle entendait souvent son frère pleurer dans sa chambre le soir en essayant de faire tous ses devoirs — il n'a même pas crié autant quand on lui a coupé sa tresse, qu'il garde dans un pot et qu'il montre aux gens pour 1 $.

Si je dessine sa **vraie tresse**, j'ai peur de devoir lui donner 1 $ chaque fois que quelqu'un va regarder mon dessin.

En tout cas, je suis bien contente que ma mère m'ait fait penser à prendre mon sac à main aujourd'hui.

VENDREDI 13

Cher nul,

J'ai vraiment l'impression que mon idée de prison pour les gens trop beaux sera très populaire — et quand on aura commencé par y enfermer Angéline, je pense que personne d'important ne va s'y opposer.

Les gens trop beaux n'ont pas à faire d'efforts dans la vie, vois-tu. Tout le monde les aime. Ils obtiennent tout ce qu'ils veulent. Même les huitièmes plus beaux gars de l'école se mettent à bafouiller quand ils passent.

Mais il y a **une chose** que ces gens-là n'ont pas... une qualité rare et indéfinissable qui a échappé à leurs jolies mains manucurées.

Ils n'ont pas l'air *geek*.

Ça n'a peut-être pas l'air d'une chose dont on peut se vanter, l'air un peu *geek*, mais c'est quelque chose, et c'est à nous, et ces gens n'ont pas à nous l'enlever.

Aujourd'hui, quand Mme Avon lui a demandé de lire à haute voix des textes d'un livre de poésie, Angéline s'est tournée vers Isabelle et moi, elle a fouillé dans son sac à main et elle en a ressorti lentement une paire d'énooooormes **LUNETTES**, dignes de la plus *geek* des *geeks*.

Elle les a mises et elle a commencé à lire, mais personne n'entendait un mot de ce qu'elle disait à cause des battements de cœur de tous les garçons, envahis par un amour pur et assourdissant.

Ouais. Elles font paraître ses cils encore plus longs.

Tout à coup, comme ça, Angéline a besoin de lunettes...

Isabelle aussi a besoin de lunettes, mais dans son cas, elles l'aident simplement à mieux voir ce qui se passe autour d'elle, par exemple les occasions de faire des mauvais coups ou les faiblesses à exploiter chez les autres.

Sauf qu'Angéline, elle, elle réussit on ne sait pas trop comment à avoir l'air d'une adorable intellectuelle avec ses lunettes. **ADORABLE.**

Tu m'entends, nul?

ADORABLE

Elle, du moment qu'elle met des lunettes, elles deviennent adorables.

Et tu n'as pas besoin de **ME** croire sur parole. Transportons-nous en direct vers une conversation entre Henri Riverain et ses imbéciles d'amis, que j'ai surprise juste à la porte de la classe. Conversation qu'ils n'ont même pas eu la décence d'avoir discrètement, loin de mes oreilles...

Da! Je suis imbécile.

Oui, moi aussi. Je pense que tous les gars le sont peut-être. *

Probablement. T'as vu les lunettes d'Angéline?

Ouais. Je me fouillais dans le nez et quand j'ai regardé plus loin que mon doigt, je les ai vues.

Elle a l'air adorablement intellectuel.

Je sais. Intelligente, même! Et maintenant, je trouve ce look super, tout à coup.

Oui, oui, oui! Trop super!

Mais on commence à dégoûter tout le monde, alors on devrait arrêter de parler de ça.

* Les gars ne sont pas tous imbéciles. Seulement ceux qui aiment des gens que je n'aime pas.

INTELLIGENTE? Angéline, intelligente??? En plus de tout le reste, voilà qu'ils la trouvent intelligente, maintenant!

Attends-moi une seconde, mon cher nul.

Bon, je suis revenue. J'ai dû descendre manger deux bols de crème glacée.

Encore une seconde.

Bon, je suis re-revenue. J'ai dû m'étendre un peu parce que la crème glacée m'a donné mal à la tête.

Et encore une seconde.

Bon, je suis re-re-revenue. J'ai dû appeler Isabelle pour lui raconter ça. Isabelle m'a dit qu'Angéline l'était vraiment – intelligente – et que, pour une raison ou pour une autre, il y a beaucoup de gens qui aiment les gens intelligents.

On se demande bien pourquoi.

Les pour et les contre des gens intelligents

POUR	CONTRE
BONS POUR TROUVER DES SOLUTIONS.	TE FONT SENTIR STUPIDE PARCE QUE TU NE LES AS PAS TROUVÉES, CES SOLUTIONS.
PEUVENT ÊTRE UTILES SI TU ES PERDU SUR UNE ÎLE DÉSERTE ET QUE TU DOIS TROUVER QUELQUE CHOSE À MANGER.	PEUVENT ÊTRE UTILES SI TU ES PERDU SUR UNE ÎLE DÉSERTE ET QUE TU DOIS TROUVER QUELQUE CHOSE À MANGER.
C'EST SIMPLE, IL N'Y A QU'À LES MANGER!	PAS DE CONTRE : IL N'Y A QU'À LES MANGER!

SAMEDI 14

Hé, toi!

Encore un courriel d'Émmilie. Isabelle m'a appelée et me l'a lu au téléphone.

Chère Angéline, chère Isabelle et chère Jasmine,

Les bulletins s'en viennent dans quelques semaines, mais mes profs m'ont dit que je pouvais arrêter de travailler parce que mes notes sont tellement bonnes qu'elles ne pourraient pas baisser en si peu de temps, même si je le faisais exprès.

Il paraît qu'il y a une note secrète encore meilleure qu'un A, et que c'est ce que j'ai dans tous mes cours : un ultra-A ultra-secret!

Je me suis collé un ourson en gelée dans l'oreille et il a fallu que j'aille à l'hôpital. Ça va mieux maintenant, mais je n'ai pas pu manger l'ourson.

Bises, Émmilie

P.-S. C'est une blague : je l'ai mangé, l'ourson!

la pauvre victime

Est-ce que ça se peut qu'Émmilie soit plus intelligente que moi? Est-ce que ça veut dire que **tout le monde** est plus intelligent que moi???

J'ai passé un peu de temps avec Sac-à-Puces, mon beagle, et sa fille, Pucette de Sac-à-puces, pour me sentir supérieure à quelqu'un, en espérant que ça me redonnerait confiance en moi...

J'ai fait des maths devant eux, et du français. Je suppose qu'ils ont été impressionnés parce que Pucette m'a regardée très attentivement pendant tout ce temps-là. Sac-à-Puces, lui, s'est éloigné après un bout de temps, probablement humilié parce qu'il est incapable de faire des maths et du français.

Il m'a même **mordue** un peu avant de s'en aller.

Je pense qu'il est profondément jaloux de voir que les humains maîtrisent si bien les sous-vêtements.

Plus tard, je suis allée à la quincaillerie avec mon père parce que c'est son endroit préféré pour admirer les clous et les écrous, et plein d'autres machins parfaitement inutiles.

Ça m'a fait du bien d'observer tous les autres pères aussi nuls que le mien ou à peu près aussi nuls ou encore plus nuls. C'est bon pour l'estime de soi, ce genre de chose. Je sais que certains de ces pères-là sont probablement **brillants** dans la vraie vie, mais quand ils se retrouvent dans une quincaillerie, ils ne sont vraiment pas habillés de manière à donner cette impression-là.

Pourtant, ils avaient tous l'air de savoir exactement ce qu'ils voulaient, et d'être très contents de l'avoir trouvé.

Est-ce que ça se peut que **pas un seul** d'entre eux ne soit vraiment tout à fait nul, mais qu'ils se fichent tous pas mal d'en avoir l'air? Comment peut-on vouloir être intelligent **en secret?**

GÉNIE

Le lendemain,
à la quincaillerie

Après, mon père m'a laissée chez Isabelle. On voulait se mettre du vernis sur les ongles d'orteils. C'est amusant, mais ce n'est pas facile parce qu'Isabelle est très chatouilleuse, alors elle me donne souvent des coups de pied pendant que je fais ses ongles d'orteils.

Isabelle a décidé qu'on devrait aussi faire **des maths**. Comme ça, demain, on pourra regarder un film ou inventer une nouvelle boisson, ou quelque chose dans le genre.

Ça m'ennuie de le reconnaître — c'est contre mes principes, en fait —, mais il me semble que les maths sont plus faciles depuis qu'Isabelle m'aide.

Une des choses qui ont aidé, je pense, c'est que pendant que je faisais ses ongles d'orteils, elle m'a donné des coups de pied **retentissants** chaque fois que j'avais une mauvaise réponse aux questions qu'elle me posait.

Le savoir, ça frappe!

Moi aussi, je l'aide. Je lui ai appris un nouveau mot que j'ai l'intention de proposer pour le concours de vocabulaire, dans le cours de français.

Scélérat : Bandit, criminel.

Isabelle a adoré mon mot, et elle a tout de suite composé un petit poème dans lequel « **scélérat** » rimait avec « **hourra** ». Je lui ai fait remarquer que ça pourrait bien lui valoir une petite visite au bureau du directeur, comme son poème sur les loups dans lequel « rage » rimait avec « mariage », ou celui sur l'école où elle avait fait rimer « instruite » avec « détruite ».

Il y a encore quelques mots pour lesquels Isabelle n'a pas trouvé de rimes satisfaisantes.

Lunatique Tarentule Dégobiller

Vomissure Doigt dans l'œil

DIMANCHE 15

Bonjour, toi!

Est-ce que ça t'est déjà arrivé de commander une coupe glacée au chocolat et de découvrir, quand la serveuse te l'apporte, qu'il y a une tête de chauve-souris dedans?

Eh bien, c'est **exactement** ce qui m'est arrivé aujourd'hui.

En tout cas, presque exactement.

Isabelle est venue à la maison, et elle a amené Angéline – la tête de chauve-souris.

Isabelle m'a expliqué que, comme elle finit toujours ses devoirs le samedi, Angéline est un des très rares humains sur la Terre (**à part nous**) qui n'a rien à faire le dimanche.

En plus, Isabelle a dit qu'elle avait une grosse surprise à nous annoncer à toutes les deux.

Angéline avait eu l'idée très astucieuse d'arriver avec du maïs soufflé pour le micro-ondes, alors je l'ai accueillie dans mes pénates. (Ceux et celles d'entre nous qui maîtrisent parfaitement le français emploient parfois le mot « **pénates** » pour parler de notre « maison » quand nous voulons rappeler aux autres qu'ils ne sont pas aussi brillants que nous.)

On a regardé un film sur un gars et une fille qui se détestent cordialement au début, avant de se rendre compte qu'ils sont faits l'un pour l'autre. Pendant une scène très embrassante – et embarrassante –, Isabelle est sortie quelques minutes.

Quand elle est revenue, elle a dit qu'elle avait aperçu par hasard dans la cuisine un dépliant sur les **cours d'été** dans une enveloppe cachetée adressée à ma mère, en dessous d'une pile de papiers.

L'amour, c'est l'union de deux cœurs,

Mais ça peut parfois donner mal au cœur.

Isabelle a secoué la tête en disant qu'à son avis, ma mère avait l'air d'avoir peut-être décidé de m'envoyer suivre des cours d'été ce qui rendait l'annonce de sa grosse surprise encore plus difficile.

Mais elle a pris une grande inspiration et elle nous l'a annoncée quand même.

Ses parents vont se faire **creuser une piscine**! Il va y avoir un plongeoir et une glissoire, et on va pouvoir se baigner tout l'été, inviter des copains et – ce qui est encore mieux – exclure les autres.

J'étais prête à me mettre tout de suite aux non-invitations, sauf qu'Isabelle m'a rappelé un détail crucial :

JE RISQUE D'ÊTRE À L'ÉCOLE, CET ÉTÉ.

Mais elle m'a dit de ne pas m'en faire : on vient de retourner à l'école, et l'été, c'est encore loin. Elle a ajouté que je pourrais quand même venir les fins de semaine — si je n'avais pas de devoirs à faire, bien sûr — et qu'Angéline et elle me raconteraient tout ce qui s'était passé durant la semaine, pendant que je serais à l'école à faire des maths, **manger du pain de viande** et **voir de la chair de prof.**

Pendant qu'Angéline lisait le mode d'emploi sur le sac de maïs soufflé, j'ai pris Isabelle à part et je lui ai « crichuchoté » par la tête que je ne pouvais pas croire qu'elle se prélasserait autour de sa piscine tout l'été avec Angéline pendant que je me ferais torturer à l'école.

Elle m'a « crichuchoté » en retour que, si je me retrouvais à l'école l'été prochain, ce serait ma faute et que je n'aurais personne d'autre à blâmer que moi-même.

Je lui ai dit que c'était ridicule parce que, d'après mon expérience personnelle, on peut **toujours** trouver quelqu'un à blâmer.

La grande main de la justice

qui désigne un coupable

Et puis, la minuterie du micro-ondes a sonné, et on a mangé notre maïs soufflé en regardant la fin du film. J'ai fait très attention de ne pas compter accidentellement les grains de maïs que je mangeais, puisque je suis très **fâchée** contre les maths en ce moment.

Le maïs, c'est bien, mais le maïs soufflé, c'est mieux. Peut-être qu'on devrait souffler tout ce qu'on mange.

brocoli
soufflé

carotte
soufflée

melon d'eau
soufflé

LUNDI 16

Cher journal,

Une des meilleures façons, pour un prof, de savoir si ses élèves détestent suffisamment sa matière, c'est d'annoncer un **test-surprise** et d'écouter attentivement les sons qu'ils émettent.

Il y a une échelle pratique pour évaluer le degré d'aversion des élèves. Voici de quoi ça a l'air :

Pires sons sur la Terre

1	Guimauve qui rebondit sur le visage d'un lapin
2	Chanteur d'opéra en train de s'étouffer avec un œuf dur
3	Personne qu'on déteste en train de chanter une chanson qu'on adore
4	Sécheuse pleine de fers à cheval et de corneilles
5	Trente cochons en liberté dans une maternelle

Dans l'ensemble, la classe se situait à peu près à **2** aujourd'hui quand M. Henry a annoncé son test de math. Par contre, moi, j'ai nettement produit un son équivalent à un **4** dans l'échelle d'aversion.

Il y avait seulement quatre questions dans le test. Quand on voit ça, on est content pendant quelques secondes parce qu'on se dit que ça va être court, mais on comprend vite qu'il faut seulement deux mauvaises réponses pour **échouer** le test.

En plus, M. Henry veut toujours qu'on montre le détail de notre calcul. Drôle d'idée... Quand quelqu'un te fait un gâteau, tu ne lui demandes pas de te montrer les **coquilles d'œuf brisées** et les **cuillers sales.**

Tu dis simplement : « Oh, un gâteau! Et tu imagines que tous les ingrédients nécessaires y sont. Merci. »

C'est étrange, mais j'ai eu l'impression que les problèmes étaient plus faciles qu'avant. Je n'en revenais pas. Tous les efforts d'Isabelle pour parfaire mon éducation (sans parler des **trois coups de pied au visage**) ont vraiment porté des fruits...

On dirait bien que je vais peut-être gaspiller mon été autour de la piscine d'Isabelle, après tout!

Pendant un instant, j'ai même eu l'impression de sentir ma peau qui grillait au soleil. Mais je me suis vite rendu compte que c'était simplement de la fumée qui montait de la **gomme à effacer** d'Angéline, encore une fois. Je suppose que les maths, ça n'est pas si facile que ça pour elle.

Mmmmm. J'adore l'odeur de la stupidité des autres.

On a corrigé le test en classe, et je suis **très contente et très fière** de t'annoncer, mon cher journal, que je ne me suis pas frappé la tête sur mon bureau jusqu'à perdre connaissance, même si j'avais terriblement envie de le faire.

J'ai eu très exactement **UNE bonne réponse**.

Heureusement, M. Henry a dit que ce test ne comptait pas pour nos notes, mais qu'il devrait nous donner une idée du test qu'il donnera à la fin du mois.

Ouais, je pense que j'ai une assez bonne idée de ce qui s'en vient...

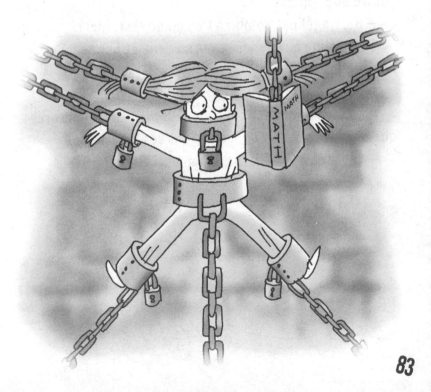

MARDI 17

Bonjour, cher!

Aujourd'hui, devant le casier d'Isabelle, on a eu une discussion sur le résultat de mon test d'hier. Isabelle m'a dit qu'elle était très **déçue** que tous ses efforts pour m'aider aient été inutiles.

Je lui ai fait remarquer que mes notes n'étaient pas de ses oignons et que je commençais à ne plus sentir mon cou à cause de la façon dont elle le tenait.

Alors, elle a crié à Angéline, qui était presque à l'autre bout du couloir :

— Hé, Angéline! Combien t'as eu au test, hier?

Et Angéline a répondu, avec sa belle et bonne humeur habituelle :

— J'ai eu tout bon.

Alors, Isabelle s'est penchée vers moi, tellement près que je pouvais voir mon reflet dans ses lunettes.

— Elle a eu **TOUT bon**, Jasmine. **TOUT.**

D'habitude, J'AIME bien regarder mon reflet...

J'ai regardé derrière Isabelle, et j'ai vu Henri et quelques autres qui félicitaient Angéline.

Ce qui les impressionnait, pour une fois, ça n'était pas l'apparence d'Angéline. C'était son **intelligence**.

Depuis quand c'est important, l'intelligence? Et depuis quand on doit s'intéresser à l'intelligence des autres? Il me semblait qu'on était tous à peu près moyennement intelligents et qu'on se moquait seulement des élèves trop brillants ou trop nuls. Et d'Angéline.

Quand est-ce que tout ça a changé?

Si j'avais su que ça serait si important, l'intelligence, je n'aurais peut-être pas décidé de devenir aussi jolie.

MERCREDI 18

Cher nul,

Aujourd'hui, pendant le cours de français, Mme Avon nous a mis deux par deux pour travailler à des phrases descriptives et j'ai été coincée avec Angéline qui, elle, était ravie d'être coincée avec moi.

— Ça va être facile, a-t-elle dit en s'assoyant à côté de moi et en sortant ses précieuses et adorables lunettes de son sac.

Pas si proche, Angéline! Mon derrière ne t'aime pas plus que moi.

— Parce que t'es tellement intelligente? lui ai-je demandé en émettant **d'intenses vibrations négatives** avec chaque syllabe.

(En passant, il y a neuf « syllabes » dans cette phrase, à moins que tu sois une de ces personnes qui se sentent obligées de dire « tu es », plutôt que « t'es » — et alors il y en a plutôt dix. Et, en passant, arrête de parler comme ça.)

— Non. Parce que **toi**, tu l'es. T'as un vocabulaire tellement étendu! Une vraie « **vocabulariste** », quoi! Est-ce que c'est un mot? a répondu Angéline.

Elle n'est pas très douée pour mentir. Je l'ai déjà vue essayer, et elle a toujours l'air un peu bizarre, comme une fille qui porterait des bobettes qu'elle t'a volées et qui saurait très bien que tu le sais.

Donc, elle disait la vérité...

VOUS, LES VOLEURS DE BOBETTES, VOUS ÊTES LES BANDITS LES PLUS FACILES À REPÉRER.

— Je ne sais pas si « vocabulariste » existe pour vrai, ai-je admis avec réticence, mais ça devrait. Ce n'est pas moi qui ai eu toutes les bonnes réponses dans le test de maths, tu sais.

— Je pense que j'ai juste eu de la chance, a répondu Angéline. Il faut toujours que je vérifie mon travail un million de fois. Et puis, Isabelle m'aide.

— QUOI?

Je pense, du moins, que c'est ce que j'ai dit. Mais ça ressemblait peut-être plus à « KWA? » — en tout cas, c'était tout en majuscules, ça c'est sûr.

— Elle t'aide toi aussi, non? a demandé Angéline, l'air innocente.

Une vraie petite chatte innocente

Oooh, que ça m'énerve!

Je ne me rappelle pas exactement quelle était notre phrase descriptive, mais Mme Avon l'a lue à haute voix devant la classe, une main agrippée sur son collier.

Ça disait quelque chose sur une fille qui se sentait tellement trahie que l'émail de ses dents se fendillait parce qu'elle serrait ses dents de toutes ses forces pour empêcher la rage de jaillir en bouillonnant des profondeurs de son être et de s'échapper entre ses lèvres ourlées d'écume.

En tout cas, **quelque chose comme ça**. Peut-être en un peu plus joli. Je ne m'en souviens plus.

Mais Isabelle a compris le message, et on en a parlé après le cours.

Isabelle a vraiment du flair pour prévoir mes questions, et elle m'a répondu avant même que je dise un mot. C'est ce que j'appelle « **prépondre** ». (Mais ce n'est peut-être pas un mot non plus.)

— La seule façon de savoir si je suis une bonne prof de maths, c'est de vous aider toutes les deux. Si vous restez nulles toutes les deux, c'est que je fais quelque chose de travers. Mais s'il y en a juste une de vous deux qui reste nulle, ça veut dire que **c'est celle qui est nulle** qui fait quelque chose de travers.

Avoue que c'était quand même convaincant, comme argument.

— Pour le moment, t'es nulle, a ajouté Isabelle. Je ne sais pas très bien pourquoi, mais c'est comme ça. En ce qui concerne les maths, t'es pas plus brillante qu'un **escogriffe**, Jasmine, et je commence à croire que tu le fais exprès pour me faire fâcher.

Isabelle m'a déjà accusée de faire bien des choses exprès pour la faire fâcher.

GAGNER   RIRE   ME PENCHER

Après le souper, j'ai demandé à mon père s'il avait déjà suivi des cours d'été. Il m'a dit que non et qu'il n'y connaissait rien.

Manifestement, ma mère n'a pas discuté de ses projets avec lui.

Ce n'est pas très surprenant, en fait. J'ai remarqué qu'il y a plusieurs choses dont ma mère ne discute jamais avec lui :

De quelle longueur devraient être les rideaux

Si les serviettes de la salle de bains devraient être lilas bleu, lilas rose ou lilas foncé

Si elle devrait porter des talons de 4 ou de 5 centimètres

Tout ce qui ne se rapporte pas à la viande ou aux sports

JEUDI 19

Allô, toi!

À l'heure du dîner, j'ai appris un autre mot de vocabulaire avancé à Isabelle en secret. Comme elle s'est crue obligée de me traiter d'escogriffe en maths, je me suis sentie moralement tenue de lui signaler qu'elle ressemblait pas mal à un escogriffe dans le cours de français.

En plus, si je ne l'aide pas, elle va suggérer des mots comme « grenade » et « tronçonneuse » pour le concours de vocabulaire — des mots dont tout le monde connaît très bien le sens.

Je lui ai donc appris un mot nouveau :

Pécore : Fille sotte et prétentieuse.

C'est un mot splendide parce que, comme beaucoup de mots splendides, c'est une insulte suprême. Et ce mot est tellement rare qu'on sera probablement les deux seules dans la classe à savoir ce que ça veut dire.

As-tu remarqué comme on apprécie encore plus notre intelligence quand les gens autour de nous n'en ont pas?

Ce qu'il y a d'étrange avec les mots, c'est qu'à côté des beaux mots utiles comme « **pécore** » (que tout le monde emploierait avec plaisir, à condition de le connaître), on a aussi des mots comme « **pain de viande** » (que tout le monde connaît, mais dont personne ne veut).

D'ailleurs, aujourd'hui c'est jeudi, jour du pain de viande. Mais ça ne me préoccupe plus comme avant. J'ai des préoccupations plus sérieuses, maintenant.

D'autres mots que personne ne veut employer

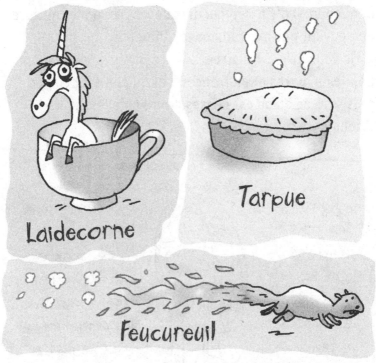

Laidecorne

Tarpue

Feucureuil

Bon, d'accord. Certains de ces mots-là n'existent pas.

VENDREDI 20

Cher full,

J'ai vu Henri qui parlait à Angéline à côté de son casier tout à l'heure, et je n'ai pas poussé Angéline par terre. Je suis trop mature pour ça. Tout le monde peut voir ça à mon nouveau sac à main que je transporte avec beaucoup de maturité.

Mais en passant à côté d'elle, je l'ai vue mettre ses lunettes et j'ai entendu Henri lui dire qu'il les aimait beaucoup. Il n'y a rien qui dit que les personnes matures ne peuvent pas avoir la nausée, hein?

Je veux dire... **Écoute**... Juste parce qu'elle est bonne en maths et en français, et qu'elle est belle en plus, est-ce qu'on est censés croire qu'elle **est** intelligente?

Nous, les gens matures, on ne trouve pas les choses dégueu...

On les trouve révoltantes, dégoûtantes, offensantes, répugnantes... ou complètement dégueulasses.

En rentrant chez moi, je suis montée directement à ma chambre pour étudier.

J'ai averti mon cerveau que j'étais sur le point de le remplir à pleine capacité avec tout le savoir mathématique connu de l'univers entier, et qu'**il allait devoir s'organiser.**

J'ai ouvert mon livre de maths... et puis ma mère est venue me réveiller pour le souper.

Je te le jure! Ça s'est vraiment passé aussi vite que ça! Je me demande bien pourquoi les policiers se donnent tant de mal avec des gaz lacrymogènes ou des matraques paralysantes.

SAMEDI 21

Cher journal,

Isabelle et Angéline étaient censées venir étudier chez moi aujourd'hui, mais Angéline n'est pas venue.

J'étais plutôt contente. Je commence à en avoir assez d'entendre Angéline **se vanter** de son intelligence, même si elle ne le dit pas exactement comme ça. Quand on y pense, c'est encore pire. C'est comme si elle se vantait en même temps de sa modestie.

Mais j'ai failli m'étouffer quand Isabelle m'a dit qu'Angéline n'était pas venue parce qu'elle était déjà assez bonne en maths. J'ai mordu accidentellement la gomme à effacer, au bout de mon crayon, et j'ai failli l'avaler.

Note aux fabricants de crayons : vous devriez faire des gommes à effacer : **A)** moins faciles à mordiller; ou **B)** à saveur de fraise.

Je me demande si, en mangeant des gommes à effacer, on ferait disparaître les calories qu'on a consommées avant.

Mon père est venu voir si on étudiait sérieusement, mais il ne nous a pas fait sa petite scène habituelle. Généralement, ça va comme ça :

Papa : Vous travaillez à quoi, les filles?
Moi : C'est des travaux pour l'école.
Papa : Comme quoi?
Moi : Des maths, p'pa.
Papa : Comme quel genre de maths?
Isabelle : Pouvez-vous nous amener au centre commercial et nous attendre là pendant qu'on essaie des soutiens-gorge?

(Alors, il s'en va parce qu'Isabelle connaît tous les trucs pour mettre les pères mal à l'aise.)

Mais cette fois-ci, il s'est contenté de jeter un coup d'œil, il a hoché la tête et il est parti. Je me demande s'il n'est pas en train de devenir plus mature lui aussi.

L'effet du mot « soutien-gorge » sur mon père

J'ai essayé d'apprendre à Isabelle un autre mot de vocabulaire avancé, mais elle m'a répondu qu'elle connaissait déjà les trois miens et que c'était bien assez.

Elle m'a dit aussi que, comme j'étais tellement bonne en français, je pourrais probablement arrêter de travailler aussi fort — parce que moi, en tout cas, j'avais **sûrement** cet « ultra-A » secret qu'Émmilie a l'air d'avoir.

Elle a raison... Je connais la musique, en français!

Chanter : v. 1. Produire une série de mots ou de bruits en musique. 2. Vocaliser des chansons. 3. Créer l'effet d'une mélodie. 4. Faire des sons musicaux. 5. Fredonner. 6. Parler sur des notes. YÉÉÉ!!!

DIMANCHE 22

Cher nul,

Il n'y a sûrement jamais eu plus que deux mères, dans toute l'histoire de l'humanité, qui ont déjà crié à pleins poumons « **Pablo Picasso! Pablo Picasso!** » dans leur salon.

La première, c'est sa mère, bien sûr, Mme Picasso. Elle avait probablement une très bonne raison de crier, peut-être parce que son petit chien carré laissait ses petits os cubiques partout et qu'elle glissait en marchant dessus. (Elle n'était probablement pas très solide sur ses pieds, de toute manière, avec ses jambes par en arrière et ses yeux sur le côté du visage. Du moins, c'est à ça qu'elle ressemble dans les tableaux de son fils.)

Mais **MA** mère, elle, elle criait la réponse à une question du jeu-questionnaire qu'elle était en train de regarder à la télé avec mon père. (Et elle avait raison : la réponse, c'était Picasso.)

Ils riaient et criaient à tue-tête en essayant de se prouver mutuellement à quel point ils étaient calés sur des sujets comme les océans (le plus grand, c'est le Pacifique) et l'assassinat de Jules César (qui a été poignardé pendant qu'il accomplissait des fonctions importantes).

Je les ai regardés quelques minutes, un peu étonnée. Ils avaient vraiment l'air de s'amuser. Et puis, la question suivante, c'était : « **Qu'est-ce qu'un hurluberlu?** » Ils se sont regardés, indécis, et j'ai répondu à la question sans y penser.

— C'est une personne bizarre, ou extravagante, un peu comme la cousine Félicia. Vous vous rappelez, quand elle a essayé d'entraîner des vers de terre parce qu'elle pensait que, s'ils travaillaient juste un tout petit peu plus fort et qu'ils s'appliquaient vraiment, ils pourraient devenir des serpents?

L'animateur de l'émission a confirmé ma réponse.

Mon père et ma mère sont restés là, la bouche ouverte, à me regarder avec de grands yeux.

En sentant sur mon visage les rayons laser de leurs regards pénétrants, je me suis sentie obligée de préciser que c'était la cousine Félicia qui pensait que les vers de terre pouvaient devenir des serpents, et pas moi.

— Non, non, a dit ma mère, le **sourire jusqu'aux oreilles.** On est impressionnés, c'est tout. Je ne savais même pas ce que ça voulait dire, moi.

— Elle est tellement brillante, a ajouté mon père en souriant et en retournant à son émission de télé.

Eh ben!

Je n'aurais pas cru, mais on dirait bien que **le simple fait de savoir quelque chose,** ça peut être agréable. Fouiller dans sa tête et y trouver une réponse, c'est comme fouiller dans la poche d'un vieux manteau et y trouver de l'argent que tu avais oublié là.

Je commence à me demander s'il y a d'autres choses qu'il est agréable de savoir. Sauf en maths, bien sûr. Quand même, **il ne faudrait pas exagérer!**

J'ai décidé d'expérimenter avec le savoir en apprenant quelques petites choses :

La coulrophobie, c'est la peur des CLOWNS.

 Un koala pèse à peu près le même poids que 20 litres de crème glacée.

Notre corps contient entre 1 et 4 kilos de BACTÉRIES.

OK, oublions cette histoire de bactéries.

LUNDI 23

Allô, toi!

Mon père m'a conduite à l'école ce matin, mais on s'est arrêtés en route parce qu'il voulait s'acheter un grand café dans cet endroit où ça coûte 1 $ de plus que le prix normal quand on commande en italien. Un « **grande** »? Ça sera 1 $ de plus, s'il vous plaît!

Il y avait un nouvel employé, et il a compris la commande de mon père du premier coup, plutôt qu'après trois ou quatre fois comme l'ancien, alors je suis arrivée à l'école en avance.

Je déteste ça quand l'école est déserte comme ça. Ça me fait penser à un film d'horreur juste avant qu'une créature effrayante décide de croquer la jolie vedette du film — parce que, disons-le, je suis **à croquer**, non?

Grand

5,00 $

Grande

6,00 $

Assise sur un banc, toute seule, Angéline lisait quelque chose. Elle était si concentrée que je me suis dit que ça devait être un mot d'amour volé, probablement destiné à quelqu'un qui avait **des cheveux plus bruns.**

En m'approchant, j'ai constaté que c'était seulement notre livre de maths. Mais Angéline avait l'air tellement intéressée que j'ai pensé que les éditeurs y avaient peut-être inclus par erreur quelque chose de dangereusement inapproprié.

Angéline et son livre de MATHS

La dernière fois que j'ai vu quelqu'un d'aussi concentré, ça avait rapport avec l'oncle Lou et des CÔTES LEVÉES

Et puis, je me suis rendu compte qu'Angéline était en train de tricher pour le test de maths qui s'en vient. Enfin, genre... C'est une **sorte de tricherie** – non? – quand tu écris toutes les réponses dans ta tête? Je pense qu'il y a des gens qui appellent ça « **étudier** ».

Peux-tu croire ça, nul?

Angéline veut tellement avoir l'air intelligente qu'elle est **prête à le devenir** juste pour continuer à en avoir l'air. Ouille!

COMMENT FAIRE SEMBLANT D'ÊTRE INTELLIGENT

Porter les accessoires appropriés comme des lunettes et un nœud papillon

Étudier très fort toute ta vie pour tout savoir

Tout savoir, c'est une bonne façon de faire croire aux gens qu'on est intelligent!

MARDI 24

Cher journal,

J'ai reçu un courriel directement d'Émmilie cette fois-ci.

Chère Jasmine,

Je m'excuse de ne pas t'avoir écrit plus tôt. Ma nouvelle école est super, mais tu me manques beaucoup, Angéline aussi et même le gars méchant avec les lunettes rondes qui est toujours avec vous.

Vous pourriez peut-être venir me rendre visite un jour, ou alors je pourrais aller vous rendre visite, ou alors on pourrait se rendre visite quelque part, exactement à mi-chemin entre chez vous et chez nous.

Bises, Émmilie
P.–S. Tu me manques, et aussi Angéline et le gars méchant avec les lunettes.

Je me demande vraiment de quoi Émmilie se souvient exactement.

C'est bizarre… Pas qu'Émmilie prenne Isabelle pour un garçon. (Ça arrive plus souvent que tu pourrais le croire.) Non, ce qui est bizarre, c'est qu'elle ne s'est pas vantée de ses notes comme elle l'avait fait dans tous ses autres courriels.

Peut-être qu'elle a tellement pris l'habitude d'être intelligente qu'elle a **oublié** à quel point elle l'était.

Ça arrive même aux gens BRILLANTS comme MOI d'oublier des choses…

J'entre dans une pièce pour faire une chose très importante.

J'ai oublié quelle était cette chose.

Je pose une question comme si je venais de subir un traumatisme crânien.

La claustrophobie, est-ce que ça a quelque chose à voir avec la classe?

Je commence la troisième case de ma minibande dessinée.

J'ai oublié la blague que je voulais faire sur les trous de mémoire.

Cher journal,

Le **concours de vocabulaire** a eu lieu aujourd'hui. Voici comment Mme Avon a procédé. On a tous remis nos trois mots, et ensuite elle s'est promenée dans la classe en nous appelant chacun à notre tour pour nous demander de définir des mots qu'elle choisissait au hasard parmi ceux qu'on avait proposés. Si on n'avait pas la bonne réponse, on était éliminé. Si on l'avait, on continuait.

Il y a quelques élèves qui ont été éliminés presque tout de suite. Pourtant, ils ont eu des mots plutôt faciles, comme « **stéthoscope** », « **catapulte** » et « **chrysanthème** ».

Les ricanements de Michel Pinsonneau nous ont donné une petite idée des mots qu'il avait proposés. Mais, de toute manière, je n'étais pas vraiment surprise qu'il ait choisi « toilette », « cuvette » et « réparateur de toilette ». (Ça, ça fait **trois** mots, bien sûr, mais Mme Avon voulait juste s'en débarrasser. En passant, Pinsonneau, le mot que tu cherchais, c'est « plombier ».)

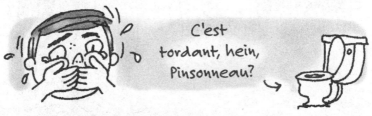

C'est
tordant, hein,
Pinsonneau?

Il n'y a pas vraiment eu de grande surprise jusqu'à ce que ça soit au tour d'Angéline et de ses lunettes. Mme Avon lui a demandé ce qu'était un « **scélérat** ». Imagine ma joie quand je me suis rendu compte qu'Angéline allait devoir affronter **MES** mots!

Encore une fois, j'avais préparé mon long *pppfffttt*. Mais Angéline a répondu avec un joli sourire :

« C'est un bandit, ou un criminel. »

J'ai laissé sortir seulement les deux premiers pp de mon *pppfffttt* en comprenant soudainement qu'elle avait eu la bonne réponse.

Ensuite, elle a donné aussi les bonnes réponses pour « **pécore** » et même pour « **hurluberlu** ». **MON** hurluberlu.

Je n'en revenais pas. Est-ce qu'elle est vraiment si brillante que ça? J'ai regardé Isabelle, qui s'est contentée de lever les bras, l'air de dire « **Sais pas** ».

Ensuite, ça a été mon tour. Facile : j'ai eu « **extorquer** » (obtenir quelque chose par la force ou par la ruse) et « **incarcérer** » (mettre en prison). Manifestement, c'était les mots d'Isabelle.

Et puis, j'ai dû définir « **escogriffe** ».

— C'est un petit animal australien très méchant.

Mme Avon a eu un petit rire.

— Mauvaise réponse.

Non, **c'était la bonne réponse!** J'en étais convaincue, alors j'ai protesté.

— C'est un petit animal stupide et méchant. Il vit en Australie et il mange des koalas. Je vous parie ce que vous voudrez!

Mme Avon s'est remise à rire.

— Non, tu te trompes, Jasmine.

Je lui ai demandé de vérifier, et elle a tapé le mot dans le moteur de recherche de son dictionnaire, sur son portable. Elle a lu ce qu'il y avait à l'écran et elle a secoué la tête.

— Tu te trompes, Jasmine. J'ai bien peur que tu sois éliminée. Est-ce que quelqu'un d'autre veut nous dire ce que ça signifie?

— C'est un homme grand et maigre, a répondu Angéline.

— Exactement, a dit Mme Avon, en montrant environ deux centimètres de gencives de plus que d'habitude.

Je me suis sentie rougir, et tout le monde a bien ri, alors je me suis sentie rougir encore plus. Isabelle m'a fait encore une fois son air de « **Sais pas** », et j'ai dû patienter encore deux rondes avant qu'Angéline soit éliminée à son tour. **Je ne sais même plus qui a gagné.** C'est soit Machin, que je déteste, ou Chose, que je déteste au moins autant.

Madame Avon,
je vous aime bien,
mais je pourrais
me contenter
d'un peu moins
de rose...

Donc, Isabelle s'est trompée au sujet du mot
« **escogriffe** ». Il fallait s'y attendre, elle n'est pas
exactement experte en animaux. Elle les divise en trois
catégories : ceux qu'on peut manger, ceux qu'on peut
monter et ceux à qui on peut lancer des bâtons.

Mais, j'aurais dû le savoir pareil.

Je n'avais pas vraiment honte. Tu te souviens quand je
t'ai dit que, savoir quelque chose, c'était comme trouver
de l'argent dans une poche? Eh bien, cette fois, c'est
plutôt comme si j'avais fouillé dans ma poche en
espérant y trouver de l'argent et que j'y avais trouvé
plutôt la moitié d'un vieux taco — qui n'était même pas à
moi.

Le simple fait **de ne pas savoir quelque
chose**, ça ne fait pas mal. Les choses qu'on ne sait
pas, c'est simplement des poches dans lesquelles on n'a
encore rien mis.

C'est d'être **nouille** qui fait mal. C'est de trouver ce
vieux taco.

que j'y aille, nul. Je dois étudier pour mon test is.

MIOUM MIOUM
MIOUM MIOUM
MIOUM

Étudier, c'est comme manger du pain de viande de l'école avec sa tête.

Je ne VEUX pas nécessairement le faire, mais je suis CAPABLE de le faire.

JEUDI 26

Cher toi,

C'était aujourd'hui, **le gros affreux test de maths.** Les chiffres m'ont sauté dessus de tous bords, tous côtés. Je me souviens en particulier d'un 7 qui avait clairement des envies de meurtre.

J'avais l'impression d'avoir eu pas mal de bonnes réponses. Peut-être même toutes.

Quand j'ai eu fini, j'ai senti une odeur familière flotter dans l'air : l'odeur de la gomme à effacer qui brûle. Et j'ai entendu un petit bruit de frottement.

Je me suis retournée et j'ai vu Angéline qui effaçait quelque chose en **souriant**. Mais j'ai bien vu qu'elle n'effaçait pas une réponse. Elle effaçait son pupitre, juste comme ça.

En sentant cette odeur de gomme à effacer, je me suis demandé si je ne devrais pas vérifier mes réponses.

C'est ce que j'ai fait, et j'ai trouvé **deux endroits** où je m'étais trompée. Est-ce qu'Angéline effaçait simplement pour me rappeler de tout vérifier? Ou pour le rappeler à toute la classe? Ou est-ce qu'elle est seulement une espèce d'hurluberlue maniaque de l' « **effaçage** »?

VENDREDI 27

Allô, nul!

M. Henry a travaillé fort pour corriger nos tests le plus vite possible. Il a sûrement deux enfants à la maison qui adorent les maths et qui aiment bien l'aider à corriger des tests. J'aime mieux ne pas penser à leurs conversations à table! Ça doit être d'un **ennui**...

Pendant que M. Henry nous distribuait nos tests corrigés, je me suis sentie exactement comme une prisonnière dans un donjon médiéval, où le bourreau en chef se promènerait parmi les prisonniers pour annoncer à chacun comment il allait les torturer.

(Je ne suis pas sûre que ça se passait **vraiment** comme ça. On n'apprend pas grand-chose sur la torture médiévale à l'école.)

—Tiens, mon garçon, on a décidé de te frictionner avec du bacon cru et de te livrer aux beagles pour qu'ils te mangent, a dit M. Henry en remettant son test au prisonnier condamné **à être beaglé à mort.**

Quant à toi, jeune homme, on pense que t'agrafer au mur avec nos agrafeuses médiévales serait une bonne idée. Voici ta paperasse.

(Je précise que les agrafeuses médiévales étaient beaucoup plus grandes que celles de maintenant.)

Et puis, M. Henry, **le bourreau en chef,** s'est tourné vers moi.

—Jasmine Kelly... Ah, le voici...

— Beau travail, Jasmine. Tu as tellement bien réussi ce test que cela fera monter d'une lettre ta note d'ensemble.

Alors, tout le monde s'est retourné pour voir d'où venait ce grand YOOUUPPPIII tout excité.

L'espace d'une seconde, j'ai cru qu'il venait de l'intérieur de ma bouche. Mais non.

Il venait d'Isabelle. C'était bien la première fois qu'Isabelle s'excitait comme ça au sujet d'une note — même pas la sienne, en plus!

Elle est peut-être en train de devenir **plus mature,** elle aussi.

Au souper, ça a été super. Mon test de maths n'était pas parfait, et mes notes de maths ne le sont pas non plus. Mais mes parents étaient vraiment impressionnés que j'aie travaillé assez fort pour m'améliorer.

Au risque de passer pour une pécore, j'avoue que je suis **presque fière** d'avoir remonté mes notes un peu. Mais il ne faut pas le dire, hein, mon beau nul à moi...

Peut-être qu'on nous enseigne les maths pour nous montrer que, si on arrive à apprendre des choses aussi désagréables, on peut probablement apprendre **n'importe quoi.**

Les notes ne servent qu'à nous donner une idée de la quantité de choses inutiles qu'on a appris.

Oyez, oyez! Vous avez appris à connaître vos ennemis : MATH et MATIK. Ça veut dire que vous pouvez apprendre toutes les idioties du monde!

Merci, ô, Roi de l'Éducation. Pourquoi êtes-vous habillé aussi bizarrement?

Aucune idée, c'est toi qui m'as dessiné.

ROI DE L'ÉDUCATION

SAMEDI 28

Cher toi,

Angéline est venue à la maison aujourd'hui. Elle a ouvert son sac et elle m'a tendu ses lunettes. Elle a insisté pour que je les essaie.

— Ça ne change rien pour moi, ai-je dit.

Et elle a répondu :

— Pour moi non plus. C'est des fausses.

AH-HA! Elle les portait seulement pour avoir l'air adorable! Mais en réalité, elle n'est pas adorable du tout!!! Quelle poseuse! Mais attends... En réalité, elle est vraiment adorable. Alors, qu'est-ce que...? Je ne comprends pas...

Angéline a bien vu que j'étais complètement larguée. Alors, elle m'a expliqué :

— C'est Isabelle qui m'a demandé de les porter.

— **KWA?**

Je n'ai pas vraiment de miroir aussi joli que ça, mais j'en veux un.

— Tout ça, c'était pour t'éviter les cours d'été, a expliqué Angéline. Isabelle s'est dit — je ne comprends pas trop pourquoi — que ça te rendrait dingue si tout le monde me trouvait brillante. Comme si tu pouvais être jalouse de moi...

— Ouais. En effet. Comme. Si. Je. Pouvais. Un. Jour. Être. Jalouse. De. Toi.

(J'espère que ma voix était assez convaincante...)

— Elle a dit que, si on te faisait travailler assez fort, tes parents ne te feraient pas suivre des cours d'été. J'ai juste essayé d'aider un peu.

Tout ce que j'ai trouvé à répondre, c'est :

— Isabelle...

Sérieux, Angéline!
Qui, dans le monde,
pourrait bien être jaloux
de ta beauté,
de ton intelligence,
de ton SÉRIEUX,
DE TA BELLE
PERSONNALITÉ
ET DE TOUTES LES
BÊTISES DU MÊME GENRE?

— De toute manière, a dit Angéline, ce n'est pas si terrible, les cours d'été. J'y suis déjà allée.

— KWA?

— Je trouve ça difficile, l'école, Jasmine. Je sais que c'est facile pour toi, mais pas pour moi. Faut que j'étudie et que je travaille comme une folle. Tu ne t'en rends probablement pas compte, mais j'efface tout le temps. Je n'arrête pas de me corriger. Une année, j'ai pris beaucoup de retard, alors j'ai dû suivre des cours d'été pour me rattraper. Ce n'était pas amusant, mais ce n'est pas du tout comme ce que dit Isabelle. Et puis, ça m'a aidée.

Quand j'ai enfin retrouvé l'usage de ma langue, je lui ai demandé **pourquoi** diable c'était si important pour elle d'avoir de bonnes notes. Sur le moment, j'ai eu l'impression que j'avais posé une question que je n'aurais pas dû poser parce qu'Angéline m'a demandé :

— Tu sais ce qu'il fait comme travail, mon oncle Raymond?

Est-ce qu'il a les mêmes cheveux qu'elle?

Elle a commencé par dire :

— Il est...

Puis elle s'est interrompue un instant avant de reprendre.

— Bof, ça n'a pas d'importance, ce qu'il fait. Il est vraiment brillant et drôle, et il n'y a rien de mal à faire ce qu'il fait, mais il dit toujours que, s'il avait travaillé un peu plus fort à l'école et qu'il avait pu aller à l'université, il aurait eu plus de choix de carrière. Je veux avoir des choix, moi aussi.

Alors, c'est ça être mature? Parler de choix de carrière? **Ah, oui?** J'ai compris très clairement, tout à coup, pourquoi je n'avais pas du tout envie de devenir mature.

Angéline m'a dit que je pouvais avoir ses lunettes si je voulais, mais j'ai dit non. On ne sait jamais quand elle va devoir être « **extrasuperadorable** » encore une fois.

On a continué à bavarder, et j'ai découvert qu'Isabelle l'avait aidée à s'exercer pour le concours de vocabulaire. C'est comme ça qu'elle avait appris certains des mots super difficiles comme « scélérat » et « pécore ». Elle savait même ce que ça voulait dire, « escogriffe ». Je ne comprends pas pourquoi, mais Isabelle lui avait donné la vraie définition, et pas à moi.

J'ai remercié Angéline de m'avoir aidée à améliorer mes notes en maths. Pas en portant ses fausses lunettes, mais en m'envoyant son petit signal avec sa gomme à effacer. Elle a ri et elle a avoué qu'en effet, elle essayait de m'envoyer un message.

Et puis, en sortant de la pièce, elle s'est arrêtée et elle s'est tournée vers moi et elle m'a dit :

— Au sujet de mon oncle... Ne va pas penser que j'ai honte de lui. Je l'adore. Il fait très bien son travail, et je suis fière de ce qu'il fait — et lui aussi. C'est juste qu'il aurait aimé avoir plus de choix.

Je lui ai dit que **je comprenais.**

Chaque fois que je dis à quelqu'un que je comprends, je hoche la tête doucement, les yeux fermés, pour montrer que c'est probablement vrai.

— Et ça n'a pas aidé quand **un enfant lui a presque fait perdre un œil avec une balle de golf,** il y a quelques années, mais ça, c'est une autre histoire.

— KWA???

J'ai dit à Angéline que je n'avais jamais entendu parler d'un concierge qui aurait reçu une balle de golf dans l'œil, et j'ai refermé la porte derrière elle. Je crois qu'elle n'avait pas fini de parler.

C'était peut-être même pas moi.
Il y a sûrement des TONNES de concierges
qui se font frapper par des balles de golf.

DIMANCHE 29

Cher full nul,

J'ai laissé trois messages à Isabelle hier, pour lui dire de me rappeler. Elle ne m'a pas rappelé. Elle s'est contentée de se pointer chez nous ce matin.

Quand elle est arrivée, je lui ai lancé :

— J'ai tout compris, tu sais.

Elle m'a demandé :

— Vraiment, hein? Est-ce que ton père est là?

Je n'ai pas fait attention à elle et j'ai continué en disant :

— Merci (sur un ton qui ne disait **pas merci** du tout) d'avoir donné à Angéline tous les mots pour le concours de vocabulaire. Qu'est-ce que c'était, cette histoire d'**escogriffe**? Et puis, en passant, Angéline m'a tout raconté, au sujet des lunettes.

— Relaxe, a répondu Isabelle. Tes notes de maths ont monté. Tout ce que j'ai fait — les cours d'été, Angéline, Émmilie... Tu devrais me remercier.

— **Attends une seconde...**

Isabelle pense qu'il faut toujours exprimer sa gratitude.

À elle, du moins.

128

Tout s'est éclairci.

Isabelle a inventé toute cette histoire de cours d'été. Mes parents n'ont jamais eu l'intention de m'y envoyer. Et elle a inventé les courriels dans lesquels Émmilie se vantait de ses bonnes notes. C'était juste pour me motiver à travailler plus fort.

Isabelle a fait tout ça juste pour m'aider à améliorer mes notes. **Pour mon bien, quoi!** Tu t'imagines??? Elle a tout fait ça pour mon bien-être!

Elle a vraiment un cœur d'or.

Un jour, je ferai une magnifique statue d'Isabelle avec une longue robe à plis parce que les gens bien posent toujours pour leur statue en longue robe à plis.

ISABELLE LA BONNE

— Alors, monsieur Kelly, a dit Isabelle quand mon père est entré dans la pièce. Au sujet de notre marché...

Mon père a hoché la tête, il a sorti son portefeuille et il lui a remis un billet de 10 $.

KWA?????

— Quel marché?

Alors mon père m'a tout expliqué :

— Isabelle et moi, on avait conclu un marché. Si elle pouvait t'aider à améliorer tes notes en maths, je lui donnerais 10 $. Elle a beaucoup d'influence sur toi, Jasmine. Parfois, j'ai même l'impression qu'elle en a plus que moi. Peut-être même plus que **toi**! Alors, je me suis dit que ça marcherait mieux que si je te payais, toi. Et voilà!

Mon père a levé le pouce vers Isabelle et il est sorti.

Je me suis écroulée sur le divan. Je me sentais comme le gars, dans le film, quand il découvre que la chose au sujet de xyz n'était pas ce que tout le monde croyait.

—Mais, Isabelle, pourquoi as-tu essayé de saboter mon concours de vocabulaire?

Isabelle m'a fait un grand sourire, et quelque chose qui ressemblait à de la fierté a illuminé son visage un instant.

—Parce que t'es trop bonne en français. Je n'avais aucun espoir de pouvoir améliorer tes notes en français. À moins que...

Isabelle a respiré longuement son billet de 10 $.

—À moins que quoi?

—À moins que je les fasse baisser **d'abord.** J'espérais que tes notes baisseraient pour ce semestre-ci, en sachant que tu réussirais à les remonter toute seule au prochain semestre, une fois que tu serais convaincue qu'Angéline était meilleure que toi. Alors, je pourrais demander encore de l'argent à ton père. C'est juste de la planification à long terme, Jasmine. Tu ne peux pas m'en vouloir pour ça.

CROUNCHE

— Alors, t'as fait tout ça pour gagner 10 $? Pas pour m'aider, moi?

Elle se rendait sûrement compte qu'elle m'avait fait de la peine.

— BIEN SÛR QUE NON! a répondu Isabelle en levant les bras. J'espérais même avoir 20 $! Et je les aurais eus si mon plan avait fonctionné pour ta note de français.

— Mais Isabelle, je suis ta **meilleure amie!**

J'en avais les larmes aux yeux.

— Oui, Jasmine, ma plus extra super meilleure amie. Et c'est pour ça que, si je fais quelque chose pour moi et que ça te rend service en même temps, je suis tout à fait d'accord. J'ai eu mon argent. T'as eu ta note. Tu vois? C'est ça, une meilleure amie.

En fait, pour Isabelle, c'était plutôt **gentil** comme déclaration. Parce qu'elle m'a vraiment **aidée**, après tout.

— Mais qu'est-ce que tu veux faire avec cet argent-là?

— Je veux un sac à main comme le tien, a répondu Isabelle. Mais 10 $, ce n'est pas encore assez. Il m'en faut trois fois plus.

— Est-ce que tu m'as menti au sujet de la piscine aussi? lui ai-je demandé alors.

— En fait, ça m'a beaucoup étonnée que tu la croies, celle-là! m'a-t-elle répondu en riant.

Alors, je lui ai dit :

— Tu peux avoir mon sac. Pour 15 $.

— Cinq.

— Oublie ça, je le garde.

— OK, 10. Mais dépêche-toi, ma mère m'attend dans l'auto.

Sérieux! Sa mère l'attendait dans l'auto pendant qu'elle négociait serré avec mon père.

J'ai sorti mon bazar de mon sac à main, elle s'en est emparée et elle a filé vers la porte avec un grand sourire. Je dois reconnaître qu'elle est brillante, Isabelle!

TEL LLL LLE MENT BRILLANTE

Mais quand même, pour finir, c'est moi qui ai les bonnes notes **et** les 10 $, et c'est elle qui a le sac qui sent le **pain de viande** que j'avais mis dedans il y a trois semaines.

Je suis peut-être un peu plus intelligente que je le pensais.

Merci de m'avoir écoutée, cher full nul.

Vocabularistement,

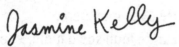

Es-tu « vocabulariste »?

Chanter : v. 1. Produire une série de mots ou de bruits en musique. 2. Vocaliser des chansons. 3. Créer l'effet d'une mélodie. 4. Faire des sons musicaux. 5. Fredonner. 6. Parler sur des notes. YÉÉÉ!!!

1.) pléthore
   a. très petite quantité
   b. comme un carnivore, mais un peu différent
   c. ingrédient toxique dans le pain de viande
   d. grande quantité

2.) hurluberlu
   a. personne bizarre, extravagante
   b. libellule poilue
   c. personne qui lit beaucoup
   d. personne fiable

3.) escogriffe
   a. rongeur d'Australie stupide et méchant
      qui mange des koalas
   b. homme grand et maigre
   c. personne qui taille les griffes des chiens
   d. cambrioleur

4.) zeppelin
   a. énorme ballon volant
   b. petit animal dont la fourrure coûte très cher
   c. gros tas de graisse énorme
   d. mot inventé pour faire rire les bébés

5.) scélérat
   a. rat qui mange du céleri
   b. petit sac à main
   c. bandit, criminel
   d. soulier en jambon

6.) pénates
   a. maison, demeure
   b. immeuble à bureaux
   c. nattes d'une forme particulière
   d. autre sorte de soulier en jambon

7.) pécore
   a. génie
   b. petit pet adorable
   c. sorte de pécari en or
   d. fille sotte et prétentieuse

8.) extorquer
   a. obtenir quelque chose par la force
      ou par la ruse
   b. acheter quelque chose
   c. aller à la pêche
   d. porter des sous-vêtements trop grands

9.) incarcérer
   a. prendre en feu
   b. mettre en prison
   c. monter dans une voiture
   d. forcer quelqu'un à porter des souliers
      en jambon

TOURNE LA PAGE POUR AVOIR
UN APERÇU DU PROCHAIN JOURNAL
TOP SECRET DE JASMINE...

ARRÊTE DE LIRE MON JOURNAL!!

Quoi que tu fasses, ne cherche surtout pas
à lire le prochain épisode de mon
JOURNAL FULL NUL, UNE NOUVELLE ANNÉE ...

LES SUPER-PARFAITS SONT SUPER-PÉNIBLES

Non, ce n'est pas des blagues! Je suis plus vieille,
plus sage — et je te surveille!

Je soupçonne
juste tout
le monde.

À propos de Jim Benton

Jim Benton n'est pas un élève du secondaire, mais il ne faut pas lui en vouloir. Après tout, il réussit à gagner sa vie grâce à ses histoires drôles.

Il a créé de nombreuses séries sous licence, certaines pour les jeunes enfants, d'autres pour les enfants plus vieux, et d'autres encore pour les adultes qui, bien franchement, se comportent probablement comme des enfants.

Jim Benton a aussi créé une série télévisée pour enfants, dessiné des vêtements et écrit des livres.

Il vit au Michigan avec sa femme et ses enfants merveilleux. Il n'a pas de chien, et surtout pas de beagle rancunier. C'est sa première collection pour Scholastic.

Jasmine Kelly ne se doute absolument pas que Jim Benton, toi ou quelqu'un d'autre lisez son journal. Alors, s'il vous plaît, il ne faut pas le lui dire!